POLARS
et histoires de police

Halle de LECTOURE (32)

Du 23 au 25 octobre 2015
10h - 18h, entrée gratuite

Organisé par l'association «Le 122» et la ville de Lectoure

FSC
www.fsc.org
MIXTE
Papier issu
de sources
responsables
Paper from
responsible sources
FSC® C105338

Préface

Notre concours de nouvelles pour l'année 2016 a été un succès et je remercie tous les auteurs qui ont participé, soit en concourant, soit en nous envoyant un texte qui s'intègre dans ce recueil collectif, comprenant également les gagnants du concours de l'année 2015. Merci également à Line Ulian, la marraine de ce concours 2016, qui a lu attentivement tous les textes : « Mon choix (adultes) se porte sur "Affaire vous concernant". Le texte est bien construit. L'histoire est bien menée. Et l'intrigue va crescendo. Le style est agréable, l'écriture fluide. Concernant la catégorie jeunes, j'opte pour "Méli mélo à Séviac" si tenté que l'on puisse voter pour une classe entière. L'histoire est bien construite, l'écriture fluide, du travail de recherche a été fait et l'on peut se féliciter de ce travail de groupe. » Bravo à toutes et à tous ! À la suite d'une décision non concertée de la ville de Lectoure reprenant à son compte cette manifestation, l'association « Le 122 », qui a le souci de continuer à faire vivre ce Festival du Polar dont je suis à l'origine en 2013, vous donne rendez-vous pour notre prochain salon « Polars et histoires de Police », qui aura lieu à Auch (Gers) le 3 décembre 2017 !

Pierre Léoutre

Née en 1965, **Line Ulian** est l'auteur de deux polars « Cœur de pierre » et « La morsure de la salamandre », édités aux Presses Littéraires. Avec son troisième écrit « HP – Chambre 217 », elle nous livre un récit vrai, un carnet de bord sur ses pensées les plus intimes durant les quatre semaines que dura son hospitalisation au Centre Hospitalier du Gers.

Lectoure : Concours de nouvelles policières

L'association lectouroise « le 122 », qui a créé en 2013 le salon « Polars et histoires de police » (https://www.facebook.com/salondupolardeLectoure/), lance un concours de « nouvelles policières » en langue française dont le cadre est le département du Gers.

Le texte doit compter entre 3 et 9 pages. Le sujet est libre, de même que le genre : crime ou délit, énigme, mystère, texte noir, espionnage, suspense, historique ou contemporain.

Ce concours est gratuit et s'adresse à toute personne n'ayant jamais publié à compte d'éditeur, quels que soient sa nationalité ou son lieu (pays) de résidence.

En fonction de leur âge, les participants concourent en deux catégories : jeunes (moins de 18 ans) ou adultes (plus de 18 ans).

Trois textes par catégories seront récompensés par une publication dans la presse et/ou dans le recueil édité chaque année par l'association « Le 122 ».

Les textes rédigés doivent être adressés par courrier à : Concours de nouvelles policières, association « Le 122 », chez M. Pierre Léoutre, 15 rue Jules de Sardac 32700 Lectoure, avant le 31 juillet. Les résultats et les prix seront attribués lors de la prochaine édition du salon « Polars et histoires de police ». La marraine de ce concours est Line Ulian, dont les romans ont la Gascogne pour décor.

Pour des précisions sur ce concours, n'hésitez pas à contacter l'association « Le 122 » : pierre.leoutre@gmail.com

L'association « Le 122 » lance un concours de nouvelles policières./Dessin Jiho.

Idée fixe

Patricia Portmann

— J'ai envie de tuer Ida. C'est pas la première fois. Et puis, s'ils n'étaient pas déjà morts, j'enverrais aussi mes parents au cimetière. C'est eux qui m'ont poussé à épouser cette guenon ! Qu'est-ce que j'ai été con d'accepter ce mariage !

Assis derrière son bureau, Thomas Hardouin écoutait sans broncher, le vieil homme qui vociférait en face de lui depuis de longues minutes. Profitant d'une pause dans le discours décousu de son visiteur, le jeune flic tenta une question :
— Et pourquoi vous voulez la tuer, Ida ?

Sans hésiter, le patriarche replongea dans sa logorrhée.
— Mais à cause de ce qu'elle m'a fait ! Vous pouvez même pas imaginer. Je veux plus la voir, plus me lever le matin et subir sa sale trogne en face de moi pendant que je bois mon café, plus sentir son odeur dans les draps, plus entendre sa voix de crécelle. Je veux plus l'entendre me japper des ordres. Lucien ! Fais ci ! Lucien ! Fais ça ! Et puis tous ces mensonges. Elle ment ! Si vous saviez comme elle ment ! Toute notre vie. Toute notre vie, c'est du mensonge. Comme celle de mes parents.

Le souffle court, il marqua une pause avant de poursuivre en bafouillant :

— Et surtout ! Surtout ! Il y a ces deux bâtards qu'elle m'a pondus. Vous les verriez ! Comme s'il était possible que je sois leur père à ces gosses. Dès que j'en aurai l'occasion, je les tuerai tous et...

— Vous voulez bien m'excuser une minute ? !

Le lieutenant Hardouin se leva et quitta la pièce, abandonnant Lucien à sa philippique. Une fois dehors, il se laissa aller contre le mur en poussant un profond soupir. C'en était trop pour lui. Il s'ébroua, frictionna vigoureusement ses joues, puis se frotta les yeux de ses poings serrés. Il se redressa et, après avoir demandé à un collègue en tenue de veiller à ce que son hôte ne quitte pas le bâtiment, il transporta sa haute carcasse et sa mine perplexe le long du couloir du premier étage qui abritait la BSU (1). Thomas emprunta l'escalier qui menait au rez-de-chaussée où il frappa à une porte voisine du bureau des plaintes. Une voix fluette l'invita à entrer et il pénétra dans le petit local où flottaient les effluves d'un parfum floral mêlés à l'odeur du café frais. Un gobelet fumant à la main, Marie triait les documents éparpillés devant elle.

(1) Brigade de Sûreté Urbaine

La lumière froide de l'hiver filtrait à travers la fenêtre barreaudée, un iPod rivé à sa station d'accueil diffusait en sourdine un vieil album des Pink Floyd.

— Bonjour. J'ai un client pour toi, annonça l'officier, un sourire au coin des lèvres.

— Où ça ? questionna-t-elle, légèrement distraite par son classement qu'elle poursuivait tout en l'écoutant.

— Dans mon bureau.

— Agression ? Accident ?

— Non pas ce genre-là !

— Quel genre alors ?

— Le genre qu'a pas pris ses cachets.

— Agité ? Violent ?

— Sans plus. Il veut juste tuer sa femme et ses enfants.

— C'est arrivé comment ?

— Il s'est présenté à la réception, il a dit qu'il venait avouer un crime. Il a simplement oublié de préciser que ce crime, il ne l'avait pas encore commis.

Thomas se tut, soudain conscient de l'absurdité de ses paroles. Marie rangea les liasses de papier dans des chemises multicolores, puis les posa sur la pile qui déployait son équilibre instable au sommet de son étagère. Sans chercher à en savoir plus, elle adressa un clin d'œil à son collègue et se leva avant de poursuivre :

— On y va ?

Thomas lui emboîta le pas, fredonnant *Money* de sa voix de basse. Né à l'ombre des terrils, Thomas Hardouin avait grandi dans cet univers ouvrier façonné par les luttes sociales, que la désindustrialisation anéantissait peu à peu. Il avait vécu une enfance heureuse auprès d'un père mineur aux Charbonnages et d'une mère aimante qui consacrait sa vie à l'éducation de ses cinq garçons. Tous deux nourrissaient de grandes ambitions pour leur progéniture, exigeant le meilleur de tous. Ils voulaient que, le moment venu, chacun puisse choisir librement un métier conforme à ses aspirations et, de ça, il leur resterait à jamais redevable.

Jeune homme rêveur et idéaliste, s'imaginant investi d'une mission et convaincu que rien ne pouvait résister à sa volonté, Thomas avait choisi d'entrer dans la police. Dix années de service en Seine-Saint-Denis l'avaient guéri de ses illusions et, usé, revenu de tout, il avait demandé sa mutation en province. Après avoir essuyé plusieurs refus, il avait décroché le Graal : une place à Auch, une jolie préfecture du Sud-Ouest, où il imaginait retrouver la sérénité. Là-bas, il échapperait à la grisaille des grandes villes, au désespoir de leurs banlieues. Il ignorait que, dans le monde rural, la détresse n'est pas moindre, elle prend simplement d'autres visages.

À son arrivée au commissariat de la capitale gasconne, il avait été surpris d'y trouver une psychologue à plein temps. Il comprenait aujourd'hui combien il s'était montré injuste en jugeant sa présence cosmétique. Car il devait l'admettre, elle avait réussi à se rendre indispensable, et pas seulement lorsque se présentait un cas qui relevait des urgences psychiatriques. Elle apportait une aide précieuse aux victimes qui défilaient au poste de police et savait prendre la mesure des petits coups de blues et des grosses déprimes si courantes dans les forces de l'ordre.

L'homme qui gardait le bureau du lieutenant accueillit le flic et la psy avec soulagement, car indifférent au fait que son auditoire avait pris la tangente, leur invité continuait à beugler, éructant insultes et menaces.

Marie s'assit dans l'immense fauteuil recouvert de skaï que son collègue occupait quelques minutes plus tôt. Dos à la fenêtre, elle faisait face à Lucien et, ainsi installée, elle paraissait plus frêle que d'ordinaire. Elle se redressa, chercha à capter le regard délavé. Thomas avait décidé de rester en retrait, et debout, l'épaule appuyée contre le chambranle, il observait le vieil homme qui lui tournait le dos. Surpris de se trouver face à un nouvel interlocuteur, Lucien se tut, sembla réfléchir un court moment, avant de reprendre, sur un ton suspicieux :

— Vous êtes qui, vous ?

— Marie Rousseau, je travaille ici.

Elle souriait, de ce sourire à peine esquissé, bienveillant, presque maternel, qui ne la quittait plus dès qu'elle se mettait à l'écoute. Lucien, à qui la psychologue donnait dans les quatre-vingts ans, tendit vers elle son visage fripé avant d'ajouter, le regard halluciné :

— J'ai envie de tuer Ida.

— Qui est Ida ? Et qu'est-ce qu'elle vous a fait ? interrogea la jeune femme.

Elle détaillait le vieillard et se disait qu'avec son corps décharné et ses mains tremblantes, il n'était pas en mesure de tuer qui que ce soit.

— Comment ? Vous ne savez pas ? Mais elle a ruiné ma vie. Moi, celle que j'aime, c'est Nicole. Si vous la connaissiez ! Elle est si belle, si douce. C'est ma moitié, mon âme sœur. Mais j'ai croisé la route d'Ida. Cette mégère ! Je lui ai tapé dans l'œil et mon père, cet imbécile, n'a vu que sa dot et l'héritage qu'elle recevra à la mort de ses parents. Et puis le vieux Jamet est riche, c'est sûr, mais ce n'est qu'un abruti de paysan. Pour lui, j'étais le parti idéal, vous parlez, un futur docteur ! Ida est sa fille unique, alors il fallait bien la marier, pour qu'elle devienne une dame !

Sa tirade l'avait mis dans un état d'exaltation extrême, les émotions se bousculaient sur son visage alors que sa bouche vomissait une terrible et incohérente diatribe.

— Maintenant, il faut que tout ça cesse, et vite. Il faut que je me débarrasse d'elle et des jumeaux, que je puisse trouver le bonheur avec Nicole. Enfin.

Au moment où il prononçait le prénom de sa bien-aimée, son regard s'illumina. Il semblait rajeuni de vingt ans. Sur le ton de la confidence, il renchérit :

— Elle m'attend, vous savez, depuis des années elle m'attend.

— Parlez-moi des jumeaux ? reprit la praticienne, feignant d'entrer dans son jeu pour mieux tenter de le canaliser.

— Ce sont nos enfants, enfin non, ses garçons. J'étais si heureux quand ils sont nés et puis j'ai dû me rendre à l'évidence, ils ne sont pas de moi, ce n'est pas possible.

— Qu'est-ce qui vous fait croire ça ?

— Leur groupe sanguin. Je suis médecin, vous savez ?

Il avait retrouvé une élocution presque normale. Exprimer ses griefs de façon claire le ramenait progressivement au calme.

— Vous pensez souvent à la vengeance ?

— Tout le temps.

Il marqua une pause avant d'ajouter :

— J'y pense tout le temps.

À ces mots, il fondit en larme, se recroquevilla, soudain faible et vulnérable. Le flic et la psy restèrent silencieux pendant que Lucien recouvrait ses esprits. D'où pouvait-il sortir avec ses vêtements élégants, ses mains soignées et ses joues impeccablement rasées ?

Marie allait poursuivre quand elle entendit frapper à la porte. Thomas ouvrit et s'effaça pour laisser entrer un gardien de la paix suivi d'une femme entre deux âges, vêtue d'un manteau strict et dont la mine soucieuse s'éclaira à la vue de Lucien.

— Eh bien, Monsieur Dumas, qu'est-ce que vous faites là ? gloussa-t-elle, s'adressant à l'octogénaire comme si elle venait de trouver un enfant jouant à cache-cache.

— Pardon, ajouta-t-elle en tendant une main amicale aux occupants de la pièce. Je suis Mireille Cazenave, la directrice de la maison de retraite. Monsieur Dumas a encore fugué. Il perd un peu la tête, le pauvre. Heureusement, en ville presque tout le monde connaît le docteur Dumas. Alors il se trouve toujours quelqu'un pour nous appeler quand il nous fausse compagnie.

Avec une infinie prévenance, elle s'approcha de son pensionnaire, lui tendit les bras pour l'aider à se lever puis l'invita à la suivre.

— Allez, Monsieur Dumas, venez. On rentre à la Roseraie. C'est bientôt l'heure du dîner.

— Oui, acquiesça Lucien qui reniflait en s'essuyant les yeux avec un grand mouchoir à carreaux sorti de sa poche.

— Au fait, demanda Marie à la directrice, vous savez qui est Ida ?

— Ida ? C'était sa première femme.

— *C'était* ? questionna Marie, la curiosité piquée au vif.

— Oui, elle est morte. Il y a longtemps, quarante ans peut-être. Elle et leurs deux enfants. J'avais une quinzaine d'années, mais je m'en souviens très bien. Tout Auch ne parlait que de ça.

— Qu'est-ce qui s'est passé ?

— Oh ! C'est une drôle d'histoire. À la fin de l'automne, Ida et les jumeaux ont été pris de courbatures, de nausées. Le docteur a d'abord diagnostiqué la grippe et prescrit de l'aspirine et du repos. Ensuite, leur état s'est rapidement aggravé, mais à cette époque on n'allait pas aux urgences pour un oui ou pour un non, surtout avec un médecin à la maison. Les enfants, plus fragiles, sont morts en premier, leur mère les a suivis une semaine plus tard. Monsieur Dumas semblait résister miraculeusement au virus. En ville, personne ne croyait à cette histoire de grippe, certains affirmaient que c'était autre chose, même si personne ne pouvait dire quoi. Le père Jamet a porté plainte, persuadé qu'on lui avait empoisonné son Ida. Mais l'enquête n'a rien donné, ce qui n'a pas empêché les pires rumeurs de circuler.

C'est fou ce que les gens peuvent se montrer infects, vraiment.

Elle garda le silence quelques secondes, semblant fouiller dans ses souvenirs, hésitante. Puis comme si elle se jetait à l'eau, elle ajouta :

— Alors que c'était sûrement les bidaous.

— Qui ça ? interrogea Marie.

— Ah ! On voit bien que vous n'êtes pas d'ici ! s'amusa Mireille Cazenave. Les bidaous, les champignons ! Vous savez, dans le Midi, on adore ça, les champignons. Ceux-là, on les trouve dans les pinèdes. Cette année-là, il y en avait en abondance et c'était la pleine saison. À l'époque, on les considérait sans danger et ils étaient très recherchés. Moi, je les prépare au vinaigre. On s'en régale à l'apéro. Et puis au début des années 2000, on a découvert qu'ils pouvaient être mortels si l'on en mangeait en trop grande quantité.

Thomas, qui avait écouté tout le récit en silence ne put s'empêcher d'exprimer son étonnement :

— Et étant médecin, il n'a pas reconnu les symptômes d'une intoxication ?

— Ça, on ne le saura jamais. Le docteur Dumas est natif de la région et il n'y avait jamais eu de problèmes, alors il ne pouvait pas se douter. Enfin, je crois pas. De toute façon, des champignons, il n'en mange jamais. Même les cèpes, il refuse mordicus d'en avaler. Si c'est pas du gâchis !

Patricia Portmann

Née à la fin du baby-boom, j'ai grandi entre la Picardie où j'ai vu le jour et le Sud-Ouest où j'ai quelques racines. Dans ma famille, les livres étaient très présents. Ne trouvant aucun intérêt à la littérature que l'époque réservait aux enfants, je ne découvre la lecture qu'à l'adolescence, en piochant dans la bibliothèque familiale. Après des études scientifiques, je m'installe en Ile-de-France pour y mener une existence banlieusarde avec mon mari et nos milliers de bouquins. J'aime les bonnes histoires, celles qui font oublier de descendre du métro, les personnages peu fréquentables avec qui on explore les recoins sombres de l'âme humaine. Il y a trois ans, j'ai sauté le pas et j'ai rejoint un atelier d'écriture. Je découvre, chaque jour, le bonheur de créer et les plaisirs de la fiction.

Une drôle de mine

Alain Bourgasser

Tout commença par une réflexion fort anodine d'Henriette, la coiffeuse de la rue Nationale. Appliquée à passer soigneusement le pinceau pour refaire les mèches de Madame Ducosse, cliente régulière, elle lui demanda au cours d'une conversation où se mêlaient pèle mêle le beau temps qui n'arrivait pas, le melon qui ne mûrissait pas et l'apparition, trop éphémère, de Johnny Halliday, l'an passé, au Café des Sports :

– Madame Ducosse, vous êtes au courant, vous, de ces Russes qui viendraient s'installer à Lectoure ? Vous voyez ? Dans la grande propriété qui était en vente tout près des fortifications, Boulevard du Nord. Pratiquement sous les Balcons ! C'est la secrétaire de l'agence Limogers qui m'a dit cela la semaine dernière. Pendant que je lui faisais un brush. Pour le mariage de sa fille.

Si Madame Ducosse, afin de ne pas gêner la réfection toujours délicate de ses mèches, se contenta de hocher la tête en signe de dénégation, toujours est-il que, moins d'une heure plus tard, prenant sa baguette traditionnelle à la boulangerie, à son tour, elle questionna la patronne :

– Vous êtes au courant, vous, de ces Russes qui viendraient s'installer à Lectoure Boulevard du Nord ? C'est Henriette, la coiffeuse, qui m'en a parlé tout à l'heure.

Laquelle patronne, bien évidemment questionna à son tour son mari, qui allant au « Cardinal » chercher sa boîte de « Fleurs de Savane Tradition » interrogea le buraliste. Lequel buraliste, au « Corner », là où il prenait régulièrement son expresso, annonça dans la foulée et à la cantonade : « Alors, il paraît que des Russes viennent s'installer chez nous ? Comme sur la Côte d'Azur ? ».
Dans le brouhaha ambiant et naturel cette déclaration ne suscita que quelques réparties dispensées de commentaires :
-      Peut-être qu'ils viennent pour racheter l'USL ? Après le foot, pourquoi pas le rugby ?
-      Des Russes à Lectoure ? Bah, après tout, si ça nous fait payer le gaz moins cher !
-      Eh ! Et si Depardieu venait leur rendre visite, cela ferait de l'animation dans la ville, non ?

Bien sûr, s'y ajoutèrent quelques remarques moins distinguées sur l'anatomie fantasmée de la gent féminine russe telle qu'elle apparaissait parfois au kiosque de la Maison de la Presse.

Mais, telle une pierre lancée dans un étang, après ce « plouf » et quelques rides, l'annonce sembla se poser doucement dans la mémoire collective de Lectoure.

Certes, dans l'étroite Rue nationale, on remarqua bien quelques imposants 4X4 aux vitres fumées en train de circuler. De se garer, parfois, de manière bien hasardeuse. Tout comme on s'étonna de voir « Les Fleurons de Lomagne » s'enrichir d'un rayon de vodkas nécessitant apparemment un réassortiment fréquent. Ou encore la satisfaction affichée bruyamment par les exposants du Village des Brocanteurs sillonné par des acheteurs en costumes sombres et à l'accent étranger payant rubis sur l'ongle et sans discussion leurs nombreuses acquisitions. Mais au final, rien qui ne puisse déclencher un Tchernobyl de passions comme on l'avait entendu à une certaine époque lorsque les titres des journaux annonçaient : « Les Russes arrivent ! Les Russes arrivent ! »

La seule chose, peut-être, qui aurait pu provoquer une onde de choc significative fut l'arrivée de trois énormes camions de chantier soigneusement bâchés. Ils bloquèrent pratiquement durant une journée entière le Boulevard du Nord qui court le long des fortifications. Mais, comme il avait été demandé réglementairement une autorisation pour travaux, l'incident n'ameuta pas le cœur de ville serré entre la Cathédrale Saint Gervais et le Centre Thermal.

Bref, moins d'un mois après l'anodine question d'Henriette à Madame Ducosse au salon de coiffure de la Rue Nationale, la vie à Lectoure semblait avoir repris son cours bien paisible. D'autant que, l'été était arrivé, qu'il faisait très chaud désormais et ce pour le plus grand bonheur des melons s'étalant royalement au marché du vendredi matin.

C'est un peu avant le 15 août que le climat commença à se détériorer salement. Non pas à cause des orages, certes fréquents à cette période, et qui eurent pour conséquences de provoquer l'annulation d'un marché de nuit, d'un repas au Bastion et d'une Fête du Melon, ce qui faisait déjà beaucoup pour une seule saison. Non. Ce qui provoqua à Lectoure une immense émotion fut l'annonce de la mort, plutôt l'assassinat, de Madame Delcave le jeudi précédant le 15 août. La nouvelle se répandit comme une traînée de poudre, alimentée par la bonne centaine de reporters que compte toute ville digne de ce nom. :

– Mais si, Madame Delcave, celle qui habitait rue Saint Claire, presque au pied des fortifications. Même qu'elle donnait à manger à tous les chats du quartier...

- Ah oui, je crois voir qui c'était. Une petite dame pas très grande. Paraît qu'elle avait pas la langue dans sa poche et qu'une fois, au marché, pour des tomates trop mûres, elle avait fait vilain...

- Vous dites battue à mort ? Mais comment on peut faire des choses pareilles ?

– Elle a été trouvée tout près de la Tour du Bourreau ? Mais c'est horrible ! Battue à mort à cet endroit-là ! Ça sent le crime rituel, moi je vous le dis, oui le crime rituel et je sais ce que je dis !

- Paraît qu'elle s'était déjà plainte plusieurs fois à la Mairie et chez les gendarmes. Parce qu'on donnait des grands coups dans les murs de sa maison. Et, jour et nuit encore !

- Ben, moi aussi j'entends des grands coups contre mes murs ! Faudrait peut-être que j'aille porter plainte moi aussi. On ne sait jamais...

Devant l'émoi considérable (et légitime) causé par une aussi lâche agression, agression ayant eu pour conséquences l'arrivée d'une équipe de télévision et de cinq reporters de presse nationale séjournant durablement en ville, l'État mobilisa d'importants moyens d'investigations ; une équipe de gendarmes spécialisés, une brigade cynophile ainsi qu'un commissaire divisionnaire de haut niveau accompagné de trois enquêteurs chevronnés. Mais, après quinze jours d'enquêtes, auditions, relevés divers, menés avec grande détermination, il fallut se rendre à l'évidence : aucune piste sérieuse ne permettait de procéder à l'arrestation du ou des coupables du meurtre de Madame Delcave. Et l'horrible affaire aurait pu rester à tout jamais comme « L'effroyable assassinat de Lectoure » ainsi que l'affichèrent durant un certain temps les « Une » des magazines spécialisés si d'autres évènements n'étaient venus relancer le sentiment que la ville était au cœur d'un cataclysme destiné à la bouleverser durablement.

Ainsi, dans les semaines qui suivirent : - La production d'eau bienfaisante, captée à plus de 1 000 mètres de profondeur, qui alimentait le Centre Thermal diminua de manière inconsidérée au point de n'être plus qu'un minuscule filet. Malgré tous les efforts d'une équipe d'hydrographes mondialement connus venus de L'École nationale supérieure de techniques avancées Bretagne, rien n'y fit. Il fallut donc fermer le Centre Thermal en urgence, renvoyer chez eux curistes et personnels et chacun peut imaginer l'effet désastreux que cela provoqua sur la renommée de la Cité. D'autant plus que les pages internet des sites touristiques mentionnant : « Les thermes de Lectoure, installés dans un ancien hôtel particulier, comptent parmi les plus beaux établissements thermaux de France. Dans un environnement d'exception, depuis son promontoire naturel, l'établissement offre une vue imprenable sur les vallons du Gers. » disparurent dès la situation connue.

- Lors du séminaire annuel des notaires de Gascogne qui se tenait traditionnellement et depuis fort longtemps à l'Hôtel de Bastard, établissement réputé pour son confort et la qualité de son accueil, la soirée de départ faillit se terminer de façon fort tragique. L'apéritif venait juste d'être servi autour de la piscine et, alors que les conversations allaient bon train dans la douceur du soir, d'étranges craquements se firent entendre. Puis, sous les pieds des convives, le dallage se lézarda, lentement et sûrement. Suivi par des crevasses de plus en plus larges avant que, dans un cri d'effroi, l'assemblée, pourtant sage d'habitude, vit la piscine basculer sur elle-même, glisser et dans un bruit terrible s'effondrer quelques mètres plus bas. Hormis un très vieux notaire qui partit sans bruit à cause d'une artère également lézardée, il n'y eut pas de blessures majeures. Quelques entorses de fuites précipitées, deux malaises vagaux et une petite crise d'hystérie due tout autant à la chaleur qu'au bruit voire au pousse-rapière abusivement consommé, furent cependant consignés dans le rapport des pompiers arrivés promptement sur les lieux. Presque aussi vite que de nombreux badauds contemplant, éberlués, cet Hôtel qui faisait leur fierté, que certains avaient connu comme le Collège de la Ville, et qui, au fil des minutes semblait, recouvert par une immense toile d'araignée. Là encore, la rumeur aidant, avivée par la présence de plusieurs Centres de Secours, l'effet fut désastreux.

- Peu de temps après l'épisode du Bastard, l'entreprise « Bleu de Lectoure » fut quant à elle victime d'un cambriolage dévastateur. En effet, n'ayant apparemment rien trouvé de ce qu'ils étaient venus chercher dans cette ancienne tannerie, les visiteurs indélicats, par dépit ou colère peut être, décidèrent de conclure leur passage en mettant le feu au bâtiment. Cet acte de vandalisme inqualifiable aurait pu avoir pour conséquence de faire partir en fumée l'un des plus beaux centenaires de la cité. Mais, par bonheur, un couple de pèlerins cheminant à proximité, sur la « via Podensis » reliant le Puy en Velay à Saint Jacques de Compostelle, donna l'alerte dès les premières fumées. Si l'entreprise fut sauvée, et avec elle ce savoir-faire ancestral consistant à transformer l'Isatis Tinctoria venue d'Anatolie en pigment de teinturerie voire en produit cosmétique, là encore, comme dans les affaires précédentes, le mal était fait. Dans la foule regroupée près des camions de pompiers, les commentaires allaient bon train et le mot malédiction était souvent repris. Même l'échange verbal avec l'un des marcheurs :

- Quelle peur j'ai eue en voyant les flammes, ah oui quelle peur, une peur... bleue.
- Une peur bleue... de Lectoure. A vous donner le bourdon ! avait complété le pince-sans-rire de service.

Même cet échange donc n'avait pas réussi à dérider l'assemblée. Oui, l'inquiétude se propageait, se glissant dans les Carrelots, les rues étroites, les murs épais de la Ville. Tout en espérant que cela n'arriverait pas, bon nombre d'habitants se posaient cependant la question : « A qui le tour désormais ? ». Et la peur succédait à l'inquiétude. D'autant que ce vœu, celui d'être enfin en paix, ne fut pas exaucé.

Comme beaucoup d'autres vœux d'ailleurs, mais ceci est une autre histoire.

Ainsi dans la litanie des désordres que l'on se récita entre le Cours d'Armagnac et le Cours Gambetta, Lectoure put inscrire dans son livre des heures :

– Le pillage de la librairie « Le Cochon Bleu » qui, en une nuit, vit disparaître tous ses ouvrages. Enfin, juste ceux qui, par mégarde, utilisaient le mot « bleu ». D'après le libraire, un vrai travail de professionnel, mûrement préparé. « À moi, il m'aurait sans doute fallu des années pour faire ce tri » fit-il remarquer aux gendarmes chargés de l'enquête avant de leur demander : « Tenez, vous en connaissez combien vous des ouvrages mentionnant cette couleur ? » Était-ce vraiment une question à poser alors que les enquêtes sur la mort de Madame Delcave, l'effondrement du Bastard, l'assèchement du Centre Thermal, le cambriolage et l'incendie du « Bleu de Lectoure » étaient encore en cale sèche ? Néanmoins, l'officier de service jugea bon de répondre : « Et vous, cher Monsieur, le rapport entre le bleu de Lectoure et celui de vos bouquins, cela ne vous dit rien ? ». Sur ce, il tourna les talons laissant la question se poser sur les rayonnages, espérant peut-être que les clients du « Cochon Bleu » s'en saisiraient pour alimenter l'enquête de voisinage.

- Le sort identique que subit la médiathèque. Là encore, les remarques, questions et réponses furent un copié-collé à celles du « Cochon Bleu » à ceci près que ce nouveau pillage déclencha, en plus, une enquête policière régionale sur toute personne atteinte de psychose maniaco-dépressive s'orientant soit sur les couleurs soit sur les livres. Au vu du nombre très élevé de cas résultant de cette recherche, la piste fut assez vite abandonnée, la fin ne justifiant pas les moyens nécessaires.

- L'enlèvement supposé du Père Lapalud relança par contre le climat de peur qui enveloppait la ville. Un original ce Monsieur Lapalud ! Ne se déplaçant jamais sans sa baguette fourchue de coudrier avec laquelle, il affirmait, et parfois avec raison, qu'il était capable de trouver des sources souterraines. Bon nombre d'habitants de Lectoure avaient fait appel à ses services et il n'était pas rare que dans tel ou tel jardin les propriétaires signalent à leurs visiteurs qu'ils pouvaient arroser sans frais grâce au Père Lapalud. Bien entendu, lorsque la source du Centre Thermal commença à s'assécher, la Direction convoqua ce sourcier. Mais son savoir, cette fois-ci, s'avéra vain. Heureusement d'ailleurs car la renommée internationale de L'École nationale supérieure de techniques avancées Bretagne en aurait grandement pâti. « La source, elle a pas disparu. Elle est partie ailleurs. Cela arrive. J'ai connu cela avec le STO quand j'étais prisonnier dans les mines de Silésie. Parce que là, de l'eau, il faut bien en avoir pour tirer le minerai ! » fit-il remarquer à un client du Centre Thermal après cinq jours de vaine recherche.

Devant l'air épuisé du bonhomme, gentiment, le client l'avait ramené à son domicile, dans un imposant 4X4 aux vitres fumées. Quant à l'enlèvement du Père Lapalud, ce fut une affaire particulièrement étrange. Elle commença quand Madame Lapalud se présenta à la gendarmerie pour signaler la disparition de son mari depuis deux jours. « Mais oui, il est parti comme tous les jours, avec sa baguette fourchue de coudrier bien sûr. Je vais voir un truc qui me chiffonne mais j'en ai pas pour longtemps. N'empêche, à midi il était point rentré. Et point le soir, à l'heure de la soupe. J'ai pensé qu'il cherchait une source un peu compliquée, cela lui arrivait. Mais là, deux jours, sans donner de nouvelles, jamais il m'a fait ça ! ». Le Père Lapalud n'entrant pas dans les critères habituels des disparitions inquiétantes tels que l'âge, l'état de santé, une cause inexpliquée, la Gendarmerie conseilla à Madame Lapalud de faire le tour des voisins, amis, connaissances de son mari avant qu'une enquête soit officiellement déclenchée. Comme notre sourcier était une figure connue de la ville, le Capitaine de Gendarmerie demanda à ses hommes de faire de même. Le plus discrètement possible. Car, selon certaines rumeurs de comptoirs, le Père Lapalud avait parfois tendance à chercher de l'eau au domicile de veuves récentes ! Et pas qu'avec sa baguette fourchue de coudrier !

En vain. Ni Madame Lapalud, ni l'équipe de gendarmes ne trouvèrent trace du sourcier. Qui ne réapparut qu'au soir du quatrième jour. Au pied de la bambouseraie bordant les fortifications. Et dans quel état, mon Dieu, dans quel état ! Indemne de toute blessure certes mais incohérent, articulant avec peine des séries de mots sans suite ni sens. « Oh la murge qu'il a pris le bonhomme ! » s'exclama le Médecin du SAMU appelé de toute urgence par l'un des brocanteurs partant livrer une commode XVIII chez les Russes. Un diagnostic un peu rapide et presque aussitôt infirmé par le voisin de Madame Lapalud qu'elle avait alerté, un médecin militaire en retraite donnant encore très régulièrement des cours à l'École de Santé des Armées au Val de Grâce à Paris. Penché sur Lapalud allongé sur le brancard des secours, il l'ausculta longuement, le retourna, observa chaque partie du corps, chaque mouvement, aussi infime soit – il. Puis, se relevant, déclara : « Mon cher confrère, désolé de vous contredire, mais nous avons devant nous un cas significatif d'intoxication par un gaz de guerre. Un produit très rare relevant, disons, des moyens secrets que peuvent utiliser certaines armées, voire certains services de renseignements. Et il est urgent, si nous ne voulons pas que les symptômes s'aggravent, de faire transporter ce brave homme dans un service spécialisé ». Puis il composa très vite un numéro sur son portable.

C'est ainsi que, pour la première fois de sa vie, Monsieur Lapalud effectua un voyage dans un hélicoptère de l'Armée venu se poser sur le Cours d'Armagnac promptement libéré.

Bien entendu, l'état particulier dans lequel Lapalud avait été retrouvé, sa prise en charge par un transport militaire, et la diffusion par le bouche-à-oreille du diagnostic prononcé par le médecin en retraite, tout cela fit que la presse, à nouveau, concentra toute son attention sur la ville. Comme de plus Madame Lapalud ne put, durant deux semaines, donner des nouvelles de son mari, ni sur les raisons de sa disparition, ni sur les causes de son état, ni sur son lieu d'hospitalisation. Comme enfin on vit circuler dans Lectoure des visiteurs paraissant tout droit sortis des films d'espionnage ou de guerre, la presse rivalisa en titres et articles tous aussi spectaculaires les uns que les autres : « Guerre chimique à Lectoure ! », « Lectoure en proie à la guerre secrète ! », « Un lectourois victime des services spéciaux ! ». « Victime ou complice ? » avait même cru bon d'avancer un hebdomadaire en mal de diffusion avant de retirer promptement ses exemplaires devant la vindicte populaire qui se traduisit par une mise au bûcher du titre dans les jardins de l'Hôtel de Ville.

L'enchaînement de tous ces évènements bouleversa comme on l'imagine la vie de la Commune. Fallait-il continuer comme si rien ne s'était passé ? Continuer à organiser fêtes et manifestations diverses dont la ville avait coutume au risque de les voir bouleversées par un nouvel incident majeur ? Créer une force de police exceptionnelle destinée à surveiller la ville et rassurer ses habitants ? Installer des caméras de surveillance comme cela se faisait dans beaucoup d'autres villes ? Lancer un impôt supplémentaire dit « impôt sécurité » en raison des difficultés financières des Communes de France ? Autant de questions qui agitèrent jusque fort tard dans la nuit un Conseil Municipal extraordinaire où les habitants furent autorisés à prendre la parole, certains d'ailleurs avec un lyrisme exceptionnel. « Je propose que l'on déclenche la sirène dès que l'on voit quelque chose d'anormal » disait l'un. « Rétablissons les chevaliers du guet, comme au Moyen Âge » disait l'autre. « Et si nous achetions une dizaine de chiens à la brigade canine de la Gendarmerie ? » renchérissait quelqu'un dans le public, le front haut et la parole forte. On avait beaucoup applaudi à cette séance, approuvé, protesté aussi. Heureusement, comme quoi le sentiment citoyen restait vivace, on avait échappé au lynchage de tout malfaiteur présumé. Et puis, ce 21 septembre, à 2 h 47 du matin, selon le procès-verbal de la séance, la fatigue, plutôt l'épuisement, avait gagné la partie. On s'était séparé en décidant… qu'il fallait réfléchir à tout cela et se revoir prochainement.

Sachant que, entre les vacances de Toussaint, les fêtes de fin d'année, les obligations des uns et des autres, le prochainement serait sans doute l'année suivante.

Les organisateurs du « Salon du Polar et histoires de police » n'échappèrent pas à tous ces questionnements, eux aussi entendaient la sourde angoisse montant de la ville. De plus, l'objet même de ce salon, qui commençait à connaître une certaine renommée, les plongeait au cœur même de la vie lectouroise : « Il y en a, cette année, des histoires de police dans notre ville ! On aurait presque pu se passer d'inviter des auteurs de la France entière ! » déclara le Président en ouvrant la séance du Comité d'Organisation. Mais l'affaire était déjà bien lancée et on échangea longuement toute la soirée sur l'organisation du salon : hébergement des auteurs invités, communication, diffusion des affiches et des foyers, restauration du public, disposition de la Halle aux Grains... C'est au moment où chacun commençait à fermer son cahier, ranger son stylo, récupérer sa sacoche posée à ses pieds, qu'un des membres du Comité s'exclama :

– Ah, j'allais oublier, j'ai reçu en début de semaine, avec un exemplaire seul et unique de son bouquin, une demande d'invitation nouvelle d'un auteur, attendez, j'ai son nom sur la couverture, voilà, Pierre Tessendorfer, il habite Saint Louis.

- Au Sénégal ?

- Pas du tout, Saint Louis, en Alsace, entre l'Allemagne et la Suisse... Cela ne vous rappelle rien Saint Louis ?

- Bien sûr que si. En 1939, on a accueilli à Lectoure pas mal de réfugiés venant de Saint Louis. Ils arrivaient dans des wagons à bestiaux. Les anciens s'en souviennent bien. Même qu'à l'époque, il y a eu une mairie de Saint Louis créée spécialement à Lectoure.

- Eh bien, je comprends mieux maintenant pourquoi on est jumelé avec cette ville-là. Moi qui pensais que c'était un simple échange comme dans beaucoup d'endroits ! Des fois, on ferait bien de lever les yeux plus hauts que l'horizon ! Bon, ce n'est pas le tout, ton auteur, tu nous en parles un peu ?

- À vrai dire, je sais peu de chose sur lui sauf qu'il s'est proposé de venir gratuitement, simplement pour être au Salon avec le polar qu'il vient de faire éditer. Pour le reste, pas grand-chose, rien sur internet, rien sur les réseaux sociaux, rien sur le site de la ville.

- Et le titre de son polar ?

- « Sech zitt » ! Traduction en français : « Il est temps. »

- Pas facile à mettre en avant. Et son éditeur ?

- Inconnu. Je pense qu'il doit s'agir d'une toute petite maison d'édition. Peut-être même de l'auto édition. Mais je peux lui demander davantage de précisions. Ceci dit, le bouquin semble plutôt passionnant. Une enquête policière sur les dessous de la guerre dans les années quarante/45. J'en ai lu quelques extraits très vite, en diagonale. C'est bien fait, bien écrit et on sent que l'auteur a dû pas mal naviguer dans ces milieux-là. En plus, cette année, on a rien dans ce style.

- Même si ce n'est pas l'habitude d'inviter des autoédités, surtout quand ils n'ont qu'un seul et unique exemplaire de leur bouquin, allez c'est vendu quand même. On fait un rajout dans le programme. En plus, un auteur venant de Saint Louis, si on communique bien là-dessus, cela va nous amener un public de Lectourois que l'on ne voit pas d'habitude. Et puis, si on peut faire plaisir au Maire...

Samedi 23 octobre-15 h 30 — Halle aux Grains de Lectoure — Devant un très nombreux public, Pierre Tessendorfer termine la présentation de « Sech Zitt » un polar palpitant dans lequel un agent des services spéciaux français essaie de contrecarrer la mainmise des pays de l'Est sur des ressources minières. À la question d'un visiteur : « C'est un roman autobiographique ? » Pierre Tessendorfer hésite un moment, demande qu'on lui précise cette question et au moment de répondre, se fige. Dans la Halle, descendus de 4X4 aux vitres teintés, quatre hommes en costume sombre, identiques, sont entrés. Négligemment, ils se postent devant les portes, une main glissée sous le veston. Puis l'un d'entre eux se dirige vers la table ou Pierre Tessendorfer doit lire des extraits de son roman, lève l'exemplaire bien haut et d'une voix puissante ou se mêle un fort accent étranger demande :

- Monsieur... Tessendorfer ? Pourquoi avoir choisi comme titre « Il est temps » ?

- Tout simplement, parce que je pense qu'il est important à un moment de dire et de montrer effectivement qu'il est temps de faire certaines choses. Comme, par exemple, combattre certaines puissances qui n'ont comme seul objectif que de se construire par des affaires illicites. Et ce, de façon permanente et souvent très diversifiée dans le temps et les lieux. C'est, je crois, ce que fait le héros de mon roman. Et c'est une idée que je partage totalement.

L'homme au costume sombre veut poser une seconde question. Il lève à nouveau l'exemplaire de « Sech Zitt » mais le micro a déjà circulé :

- Monsieur Tessendorfer, vous qui habitez Saint Louis, cette ville avec qui nous avons des liens particuliers, qu'est-ce que vous éprouvez à être parmi nous aujourd'hui ?

- Beaucoup d'émotion car familialement j'ai souvent entendu non seulement mes parents mais aussi ma grand-mère évoquer leur vie à Lectoure durant la guerre, leur vie parfois difficile mais également la grande gentillesse des gens d'ici. Et en vous disant cela, je ne peux m'empêcher de songer à mon grand-père qui, après quelques mois à Lectoure, a été envoyé en Allemagne avant de se retrouver dans un camp de prisonniers en Russie d'où il n'est revenu que de très nombreuses années après la fin de la guerre. Terriblement affaibli et ayant probablement été l'objet de sévices dont il a toujours refusé de parler publiquement. J'imagine sans peine qu'il aurait été bien plus heureux à rester ici à Lectoure comme moi je le suis ce soir. Et d'évoquer aussi longtemps que possible ce bleu qui lui avait causé un éblouissement absolument fantastique. Je suppose que ce bleu a dû beaucoup le soutenir durant sa captivité. Le bleu, couleur de l'espoir, voilà une belle image il me semble… Au fond de la salle, les quatre hommes se sont rapprochés. Ils discutent à voix basse mais de manière très animée.

Samedi 23 octobre – 17 h 30 - La Halle aux Grains de Lectoure - Depuis une bonne heure, Pierre Tessendorfer lit, sans discontinuer, des passages de « Sech Zitt » sous l'œil intéressé d'un certain nombre de membres du Comité d'organisation du Salon.
- Il a du succès notre invité de dernière heure et pas simplement parce qu'il vient de Saint Louis, j'ai l'impression. Comme d'un autre côté, il me semble que le Comité de jumelage a fait le plein…
- Vu la liste de commandes passées à la librairie « Au cochon bleu », j'espère qu'il va pouvoir fournir ! Cette affaire d'exemplaire seul unique me semble quand même un peu bizarre. C'est bien la première fois qu'un auteur ne cherche pas à vendre un maximum de bouquins !
- Moi, au contraire, je trouve que cela va bien avec le personnage car il dégage vraiment quelque chose de très

particulier. Comme une force tranquille avec beaucoup d'assurance comme si rien ne peut le surprendre. Tu as vu tout à l'heure comme il a répondu à notre visiteur russe, un de ceux qui habitent Boulevard du Nord ? Courtois, mais ferme. Et en plus tout en continuant à observer les trois autres avec beaucoup d'attention J'ai le sentiment que nos... nouveaux... habitants n'ont pas trop apprécié à voir leurs messes basses ensuite.

– Et dis-moi, tu l'as invité au débat de demain avec l'ancien Directeur de la DST ? Je pense qu'il doit avoir pas mal de choses à dire. Et puis ce petit côté baroudeur, je suis sûre que cela va plaire au public. Rappelle-toi, le jeune inspecteur de la BAC l'an dernier !

- Bien sûr que je l'ai invité. Mais un peu trop tard. Ce soir, il repart sur Toulouse et de là, trois semaines à l'étranger... Où ? Secret ! ! Je n'ai pas osé lui demander mais, apparemment, il est bien occupé ton petit baroudeur !

- Ben, ça rajoute à son mystère, non ?

- Tout à fait. Et cela me donne vraiment l'envie de lire son bouquin. Je suis sûr que je vais y consacrer une grande partie de la nuit !

- Ah, le métier de Président, c'est dur parfois ! N'oublie pas quand même de me repasser « Zech Zitt » quand tu l'auras fini. Que je le lise autrement qu'en diagonale !

Samedi 23 octobre - 23 h 15 - Boulevard du Nord - 9 petites détonations semblables au bruit d'une bouteille que l'on débouche. Aboiements furieux d'un chien qui se transforment en cris plaintifs.

Samedi 23 octobre- 23 h 37- Centre de secours de Lectoure - Un feu important vient d'être signalé dans une propriété ouvrant sur le Boulevard du Nord. Devant l'importance de l'incendie, le centre rappelle tous ses moyens humains. Bientôt renforcés par ceux de Fleurance et de Condom car une partie des fortifications est en train de bouger en raison de la violence des flammes.

Samedi 23 octobre – 23 h 51– Un capitaine de SDIS mentionne avoir découvert deux corps dans la cour de la priorité. Puis, quelques instants après 2 autres. Ainsi qu'un chien. Tous sans vie. Tués par arme à feu. « Avec un silencieux » remarque un gendarme arrivé dans la foulée des pompiers

Samedi 23 octobre – 23 h 54 – Le même capitaine du SDIS déclare que ses hommes sont en train de combattre un feu d'une rare violence qui embrase les couloirs d'une mine s'enfonçant sous la falaise et dont il ignorait l'existence. « Jamais vu une déclaration pour une telle installation » jure-t-il, rouge de colère.

Samedi 23 octobre- 23 h 57- A Auch, le Cabinet du Préfet est alerté. Le fonctionnaire de permanence contacte dans les minutes qui suivent le SRPJ de Toulouse.

Dimanche 24 octobre- 0 h 35- De sa fenêtre, rue Marès, le Président du Salon du Polar et des Histoires policières observe l'incendie qui fait rage à quelques centaines de mètres de là. Il ne sait pas encore que d'autres corps ont été découverts sous les fortifications. Huit au total. Ce qu'il sait, par contre, c'est que tout est là, dans l'annexe de « Sech Zitt » écrit par Pierre Tessendorfer :
« Si toute ressemblance avec des personnages existants ou ayant existé ne peut être que fortuite, je me dois cependant obligé de préciser à mes fidèles lecteurs que cette histoire trouve ses origines dans un camp de prisonniers alsaciens à Tambov, Union Soviétique. Pourquoi mon grand-père y mentionna qu'à Lectoure, on y trouvait de l'or bleu ? Pourquoi précisa-t-il, sans doute sous la torture, que cet or bleu gisait sous la protection de fortifications ? Pourquoi cela intéressa au plus haut point le chef du camp, qui, profitant de la perestroïka, devint un riche industriel affairiste ? Cela reste et restera du domaine de l'énigme. Ce qui est sûr, par contre, c'est que tous les moyens seront utilisés pour mettre la main sur cet or... bien imaginaire. Et que mon héros de « Sech Zitt » n'aura de cesse de combattre cette organisation dont l'argent alimente la

maffia. Avait-il prévu que cela conduirait à l'assassinat par les Russes d'une vieille dame trop curieuse sur les bruits émanant de la mine installée sous les fortifications ? L'effondrement d'un bâtiment centenaire ? L'assèchement d'un centre Thermal dont l'eau avait été détournée pour les besoins du forage ? Les pillages d'une librairie et d'une médiathèque pour y trouver de nouvelles sources de renseignement ? L'empoisonnement chimique d'un chercheur d'eau qui n'avait jamais cherché d'or ? Qu'un agent des services secrets serait chargé de mettre fin à tous ces désordres ? Je laisse au lecteur le soin d'en décider. » L'utopie est une réalité prématurée » a dit un fondateur de l'Europe. Qu'en sera-t-il de l'utopie de ce roman ? Bien à vous. Pierre Tessendorfer.

Dimanche 24 octobre -0 h 37- Est-ce un effet de cette annexe que le Président du Salon vient de relire plus attentivement encore ? Il lui a semblé apercevoir une silhouette remonter du Boulevard du Nord. Avec rapidité et beaucoup de précaution. Une silhouette qu'il a eu tout loisir d'observer cet après-midi à la Halle aux Grains durant la présentation de son livre. « Et moi qui le croyais déjà à Toulouse ! » songe le Président.

Dimanche 24 octobre -10 h 05- Pierre Tessendorfer, penché vers le hublot d'A320, regarde s'éloigner l'aéroport de… Bordeaux-Mérignac. Car, mine de rien, on n'est jamais assez prudent dans ce métier !

Novembre 2015. « Le cochon bleu » n'a trouvé aucune maison d'édition ayant publié « Sech Zitt ». Quant à Pierre Tessendorfer, toutes les recherches pour le retrouver ont été vaines. Certaines d'ailleurs s'étant heurtées à la mention « Secret-Défense ».

L'or bleu de Lectoure continue de son côté à passionner les amoureux du pastel ainsi que les scientifiques qui s'intéressent désormais aux propriétés cosmétiques et thérapeutiques des huiles obtenues à partir de ses graines. Il sera une des plantes crucifères essentielles du troisième millénaire ! Cette prédiction aurait sans doute ravi un très vieux monsieur originaire de Saint Louis, en Alsace !

Alain Bourgasser

Alain Bourgasser, ancien chef d'établissement de l'Education Nationale, désormais retraité actif en Agenais, est également auteur, metteur en scène.

Depuis 25 ans, il réalise de très nombreux spectacles historiques, adaptations d'oeuves littéraires ainsi que la création d'évènements. Parmi les plus récents : "La plume et le feu", " Feuilles de routes" et " A table... en toutes lettres" avec la Compagnie Mozencenes 47 qu'il dirige.

Outre cette activité théâtrale, il anime également des ateliers de lecture à haute voix ainsi que des stages de création littéraire. Depuis 2005, après un long compagnonnage avec la poésie, il s'attache à l'écriture de nouvelles dont il a publié deux recueils : « Petits troubles en vie limpide » et « Derrière la palissade » (Éditions Edilivre). Certaines de ses nouvelles ont été primées dans des concours nationaux.

Oubliette

Clothilde de Baudoin

Le vert est ma couleur préférée, pour le prénom c'est Radegonde et j'aime les chats, témoins d'une enfance heureuse.

Mes grands-parents parlaient le gascon. Ma grand-mère apprivoisait les animaux et les fleurs et connaissait le pouvoir des plantes.

Le soir, je m'endormais en écoutant des histoires. Ma mère ne montrait aucun agacement à la énième lecture de la légende d'Angeline et de ses chats (1) ou d'Odette et du châtelain de Barbotan (2).

Je combattais les dragons et j'enfermais les sorcières dans des cachots. J'étais une petite fille armée d'une fronde ou d'une épée et mon cheval « d'Artagnan » m'emmenait faire le tour du monde.

Mon père m'a transmis la passion des vieilles pierres. Nous avons visité les sites gallo-romains, les églises et tous les châteaux du département du Gers.

Pour l'un d'entre eux, nous empruntions, depuis le cimetière, une galerie souterraine pour accéder aux oubliettes.

« Les ruines sont vivantes puisqu'elles nous parlent » plaisantait mon père.

(1) : La Romieu
(2) : La Tour du Crime

À Cazaubon, je photographiais la Tour du crime ou bien j'immortalisais le Château de Lagardère.

Alors j'écoutais en l'accompagnant dans des voyages initiatiques où nous nous téléportions d'une époque à une autre, au gré de nos humeurs.

Nous partagions des émotions qui sont restées intactes.

Des années plus tard, à des kilomètres de là, en région parisienne, mon travail occupe mes journées et ma famille mes pensées.

Ma présence porte mes enfants, mes bras et mes mains les enveloppent et les câlinent, mon visage et ma voix les rassurent et les aident à grandir.

Mon métier me passionne et je ne compte pas mes heures. La rencontre avec les autres me remplit, me nourrit. Ce que je donne, je le reçois mille fois en retour. Un sourire, une amabilité, un geste bienveillant. Toutes ces petites choses qui font aimer la vie.

Les mouvements d'humeur de ma supérieure deviennent plus fréquents. Aimable un jour, ELLE devient envahissante le lendemain et ses mails saturent ma boîte aux lettres.

Le temps s'accélère et je n'arrive plus à m'organiser. Je finis par apporter du travail à la maison et je m'enferme le soir puis les week-ends dans mon bureau.

En quelques mois, j'ai perdu plusieurs kilos. Moi qui étais obsédée par les régimes, je ne profite même pas de ces nouvelles formes.

Je fume de plus en plus et l'alcool n'arrive plus à me détendre. Le soir, je me couche telle un gisant. Réveillée par des ruminations vers trois heures du matin je ne me rendors plus.

Mais je continue à faire bonne figure et je garde le sourire.

Le miroir me renvoie une image de moi dans dix ans.

Mes yeux sont cernés par le travail, la fatigue ne me lâche plus et mon dos me fait terriblement souffrir. Sans parler des spasmes douloureux qui agitent mes intestins.

Je continue de quitter mon domicile chaque matin et je pars la fleur au fusil… alors que je vais servir de cible toute la journée.

ELLE dit que tout peut s'arranger, que cela ne tient qu'à moi !

Les mois passent, mes sens s'ankylosent, je ne ressens plus rien. Je ne fais plus le poids face aux humiliations répétées.

Mes oreilles n'entendent plus le vacarme venant de la chambre des enfants. Mon indifférence mortifère leur fait regretter mes anciennes sautes d'humeur. Je m'enfonce dans les tréfonds de ma personnalité.

L'organisation de mes pensées ne se fait plus. Je n'ai plus les mots pour dire ce que je ressens et des phrases sont laissées en suspens..., je perds le fil de mon histoire. Je suis tout juste bonne à être enfermée.

Quand je me suis rendu compte que j'étais contaminée c'était déjà trop tard. Un maquillage plus soutenu et les vêtements n'arrivent plus à camoufler la maigreur. La maladie fait des ravages et les autres m'évitent. Soulagés d'être épargnés pour un moment.

J'étais rongée par le nouveau « mal du siècle » qui toucherait plus de trois millions d'actifs. Un mal sournois dont la première manifestation est la cécité mentale.

Un état qui empêche de prendre la fuite ou de faire face à l'adversité.

Désespérée, je ne fais que subir et ma famille est impuissante.

Si les émotions sont anesthésiées, des phrases s'acharnent avec violence pour déchirer ma personnalité « Tu es incompétente » « Tu ne vaux rien » « Tu es laide » « Tu es une mauvaise mère »

Je n'arrive plus à combattre ces pensées assourdissantes. Je n'en peux plus et je préfère mourir que de me sentir vivante.

Je ne pense plus qu'à ELLE, je la vois partout.

Alors qu'ELLE emploie des mots ou des acronymes comme « Bientraitance », « RPS » et « QVT », son gros nez me fait de l'œil. La noirceur de son être suinte de ses pores dilatés.

Un rayon de lucidité m'éclaire « ELLE cherche à me faire disparaître ».

Dans ce combat inégal, je décide de combattre.

Une douce obsession s'insinue en moi. ELLE doit être mise hors d'état de nuire, mise sur orbite.

Un projet vengeur s'échafaude dans ma tête. Je vais l'amener sur mon terrain pour vaincre ce fléau.

Ma voiture a quitté l'ennuyeuse autoroute. Le paysage s'accélère. J'arrive à hauteur de Sainte-Radegonde et mon voyage touche bientôt à sa fin.

La glycine a envahi la façade de la maison familiale, celle-ci est plus petite que dans mes souvenirs.

Mon chat suit mes pas inlassablement. Un œil surveille les allées et venues des tourterelles ayant élu domicile dans ce coin paisible.

Nous faisons le tour de la propriété, c'est un fouillis bien ordonné. Je choisis de déposer mes affaires dans la chambre verte, côté ruisseau.

Je m'enroule dans un duvet pour me lover dans un fauteuil en rotin défraîchi par les intempéries.

Une bouteille de Floc à portée de main, j'écoute ce silence étourdissant.

La lune est ronde et rousse, ses contours ne sont plus très nets.

La chaleur de mon chat est réconfortante, sa fourrure est si douce...

Une disparition inquiétante fait la une des journaux en région parisienne.

Paule Panzutu, 50 ans disparaît sur le trajet de son travail, son mari et ses enfants sont sans nouvelles depuis 72 heures. D'importants moyens ont été mobilisés pour retrouver la quinquagénaire.

« De corpulence forte, elle mesure 1,70 m et a les cheveux longs. La dernière fois qu'elle a été vue, elle portait un tailleur de couleur noire et un chemisier blanc. »

Sans hâte, je me dirige dans le cimetière, je laisse les tombes alignées sur ma droite et je m'enfonce dans la galerie. J'ai froid, les vêtements me collent à la peau, une odeur nauséabonde me soulève le cœur, j'essaie de courir et plusieurs fois, prise de vertige, mon corps chute dans le vide.

Enfin, je peux regarder par l'œil de l'oubliette ce monstre précipité dans une fosse sans air ni lumière. Je distingue une silhouette noire, anormalement difforme. Je sens son haleine pestilentielle.

ELLE est là.

ELLE est muselée, ses membres sont entravés.

ELLE paraît désormais si insignifiante.

ELLE a pris plusieurs années de ma vie et je lui ai volé sa liberté de nuisance à perpétuité.

Le bruit des oiseaux parvient à mes oreilles, mon regard se tourne vers les rideaux fleuris de la fenêtre. Était-ce un rêve ou un cauchemar ?

Mes paupières se referment. Je suis vivante, une sensation diffuse de bien-être habite mon corps. Le souffle du monde coule dans mes veines et désengourdit mes sens.

Je quitte à grand-peine le confort de mon lit pour rejoindre la cuisine. Je contourne les cartons qui encombrent le centre des pièces.

La pelouse est encore verte, le cerisier en cerises s'incline pour me souhaiter la bienvenue. Une biche s'est approchée pour boire, un petit rapace tournoie dans le ciel.

La voisine amène du lait et des œufs, elle vient seulement de s'apercevoir de ma présence. J'ai plaisir à retrouver cette femme, aussi belle et charnue qu'une tomate du Gers.

Ma famille me manque, je leur dis que je les aime et que leur présence m'est indispensable.

Profitant de cet état de bien-être qui, j'en suis sûre, ne me quittera plus, je vais leur préparer un clafoutis.

Ancien manager, Clothilde de Baudoin s'est spécialisée dans l'analyse organisationnelle et le conseil. Elle s'intéresse plus particulièrement aux Risque Psychosociaux et anime des groupes d'analyse de pratiques professionnelles.

Vit et travaille depuis plus de vingt ans dans le sud-ouest de la France.

Crime à la cathédrale de Lectoure

Serge Mauro

Qui a commis ce crime ? Qui a été tué ?

Par une belle journée ensoleillée, plus précisément le lundi quatre juillet à sept heures zéro sept, le TGV Paris-Toulouse entra en gare d'Agen.

Un homme d'une soixantaine d'années, grand, environ un mètre quatre-vingt-cinq, les cheveux grisonnants, descendit du TGV.

Il portait une soutane.

Il se dirigea vers l'arrêt du bus où déjà quelques personnes attendaient.

Il demanda à l'une d'entre elle, avec un léger accent du nord :

— Pardon madame, c'est le bus pour Lectoure ?

— Oui, père. Vous êtes le nouvel abbé de Lectoure ? questionna la jeune femme.

— C'est exact, Madame. Je prends mes fonctions aujourd'hui.

— Enchantée, père. Vous vous y plairez. C'est calme, c'est beau et les gens sont sympathiques.

— Je n'en doute pas. Merci pour le renseignement.

Ils montèrent dans le bus.

Après quarante-cinq minutes de trajet, ils arrivèrent à l'arrêt du bus juste à côté du bar Le XIII. Il descendit.

Là, un homme de petite taille, bien enveloppé, vêtu d'une blouse bleu marine, d'une chemise et d'un pantalon trop court, l'accueillit.

— Bonjour, Père Caumont, je suis Petit Guy, le sacristain.

Tout le monde à Lectoure connaissait Petit Guy, dit aussi Petit Beurre.

— Bonjour, Petit Guy, répondit le curé.

— J'ai pris avec moi un chariot pour porter vos bagages. Ce n'est pas très loin, mais c'est préférable comme ça.

Il prit la valise de l'abbé, somme toute un peu lourde, la mit sur le chariot et ils se dirigèrent vers l'Hôtel des Trois Boules, hôtel particulier qui faisait office de presbytère.

L'abbé Caumont put admirer la cathédrale avec son joli parvis, le bâtiment de l'office de tourisme et l'entrée de la mairie.

Sitôt sa valise posée dans ses nouveaux appartements, il voulut aller visiter l'intérieur de la cathédrale où il ferait la messe tous les dimanches.

Il la trouva magnifique.

À la fin de l'office du dimanche matin, il fut surpris de voir, en sortant de l'édifice, que des fidèles dressaient des tables faites de tréteaux et de planches de bois que des nappes en papier recouvraient et que, sur ces nappes, ils posaient des bouteilles de coca, de jus d'orange, de Perrier, d'eau, mais aussi de vin blanc, de rosé et de vin rouge, ainsi que des cacahuètes, des gâteaux et toutes sortes de choses pour accompagner les boissons.

— Tiens, dit-il, c'est original ça, en se retournant vers Petit Guy.

— C'est la tradition. À chaque fin de messe, tout le monde est invité à boire l'apéritif.

— C'est la première fois que je vois ça, c'est original. Ça me plaît bien. Allons-y alors.

Il fut le premier à être servi. Il goûta un petit Moonseng, nouveau vin de la coopérative de Plaimont, qu'il but à petites gorgées.

L'abbé était très apprécié des fidèles et même de la population lectouroise. Il fut vite intégré. Il prit l'habitude, tous les dimanches midi, de sortir de la cathédrale accompagné de fidèles qui ne manquaient pas de le questionner sur divers sujets.

Le dimanche quatorze août, les cloches sonnèrent mais l'abbé ne sortit pas.

Au bout de dix minutes, Madame Rouel s'adressa à l'enfant de chœur en lui demandant :

— Tu n'as pas vu l'abbé ?

— Si, j'étais le dernier à enlever l'aube, il m'a dit qu'il avait eu mal au ventre pendant la cérémonie et il a dû aller aux toilettes.

Dix minutes passèrent, puis vingt, puis trente, et toujours pas d'abbé à l'apéritif. Tout le monde se demandait ce qu'il faisait. Madame Rouel dit à l'enfant de chœur d'aller voir.

Tout à coup, on entendit crier :

— Au secours, au secours ! L'abbé est blessé ! Il y a du sang !

Tout le monde resta bouche bée. Deux élus, se trouvant près de la porte, prirent tout de suite les devants en annonçant :

— Ne bougez pas, on va voir ce qu'il se passe !

Ils coururent vers la sacristie où ils trouvèrent le curé allongé, la tête baignant dans le sang.

— Oh merde, dit l'un d'entre eux. Il faut appeler le médecin.

Le deuxième appela le médecin de garde qui constata que l'abbé Caumont était mort. Il s'adressa aux deux élus :

— Il y a du chambardement dans cette pièce. Il ne faut toucher à rien. Je vous conseille d'appeler les gendarmes.

L'un d'entre eux appela donc la gendarmerie. Samy et Pierre arrivèrent sur les lieux. Ils eurent un peu de mal à se frayer un passage. La population bouchait l'entrée de la cathédrale.

— C'est pas clair tout ça, t'as vu l'état de la pièce ? dit Samy.

— T'as raison, pas du tout clair, répondit Pierre. Le curé a dû être assassiné. Il faut appeler le procureur de la république.

Le procureur de la république, Monsieur Carnalo, qui était en train de manger en famille, répondit à l'appel et leur répondit qu'il faisait le nécessaire immédiatement.

Il appela le commissaire Bidot du SRPJ d'Agen, antenne de Toulouse, qui prit tout de suite la direction de Lectoure avec l'inspecteur Bardini et une inspectrice stagiaire, Sylvie.

De son côté, le procureur, installé à Auch, interrompit son repas, monta dans sa voiture et regagna Lectoure. Il arriva avant eux et les attendit patiemment.

— Ah ! Vous arrivez ! Vous en avez mis du temps ! Pourtant vous auriez dû arriver à peu près en même temps que moi. Il y a à peu près autant de kilomètres d'Auch à Lectoure que d'Agen à Lectoure. Bonjour Messieurs, bonjour madame.

— Bonjour Monsieur le procureur, on n'a pas eu de chance, il y avait un accident sur la route, répondit le commissaire Bidot.

Ils se connaissaient bien pour avoir déjà mené des enquêtes ensemble. Le commissaire Bidot ressemblait à Lino Ventura vers ses cinquante ans. Bien qu'il fît chaud, il portait un costume et une chemise blanche en lin beige et des chaussures de ville assorties.

L'inspecteur Bardini, lui, était un peu plus jeune, la quarantaine, et était vêtu comme beaucoup d'hommes de nos jours : jeans, baskets et tee-shirt, le crâne rasé et la barbe mal taillée.

Sylvie, elle, était une élégante jeune femme, blonde aux yeux bleus.

Elle fut présentée au procureur qui n'y prêta guère attention.

Ils durent se rendre à l'évidence et constater qu'il y avait bien eu un homicide.

— Il y a eu une lutte, c'est évident, dit le procureur de la république, petit homme ventru aux lunettes rondes cerclées de métal, l'air intellectuel, qui connaissait bien son métier puisqu'il n'était pas loin de la retraite.

— On ne touche à rien, dit-il. Mademoiselle Sylvie, voulez-vous appeler la police scientifique s'il vous plaît ? On en a besoin.

Sylvie exécuta les ordres.

On attendit à peu près quarante minutes et trois membres de la police scientifique arrivèrent. L'un d'entre eux prit des photos ; l'autre, une femme d'une quarantaine d'années, s'occupa des empreintes digitales ainsi que des relevés d'ADN ; et le médecin légiste, un personnage de grande taille et de forte corpulence, fit les dernières constatations. Il devait faire l'autopsie de l'abbé.

Le commissaire Bidot appela les pompiers qui arrivèrent rapidement. Ces derniers placèrent le corps de l'abbé recouvert d'un drap blanc dans le camion et partirent devant une foule éberluée, à la mine interrogative et toute retournée, vers l'institut médico-légal d'Agen.

Le procureur, lui, prit congé et demanda au commissaire de le tenir au courant le plus vite possible.

Le médecin légiste fit son travail en présence des policiers et du photographe qui durent se rendre à Agen.

— Alors, M. le légiste, demanda le commissaire Bidot, avez-vous les résultats de votre examen ?

— Oui, je viens de finir d'en faire le rapport. En fait, j'ai découvert que le curé, outre les hématomes que je vous ai signalés à Lectoure, en avait un autre très bien placé, vous voyez ce que je veux dire, qui a dû certainement lui faire tourner la tête. Je suppose donc qu'il est tombé et s'est ouvert l'arcade sourcilière, voilà la raison du sang sur le sol.

— Il a reçu un coup entre les jambes ? questionna Bidot le commissaire.

— C'est exactement ça ! Étonnant non ?

— Vous pourriez l'expliquer ?

— Je peux supposer qu'il a eu affaire à quelqu'un qui pratique un art martial : karaté, taekwondo, kick boxing.

— Tiens, ce n'est pas courant ces sports-là par ici !

— C'est ce coup-là qui a provoqué une crise cardiaque.

— Il est donc mort d'une crise cardiaque provoquée par la violence de ce coup placé à cet endroit ?

— C'est ça oui.

— C'est donc un crime. Peut-être involontaire, mais c'en est un. On est bien barré ! Il fallait que ça nous tombe dessus, en plus avec tout ce monde pendant l'été, ça va être coton ! Enfin, on va essayer de résoudre ce mystère ! Ça ne va pas être facile !

Le commissaire Bidot se tourna vers l'inspecteur Bardini qui était présent et lui dit qu'il lui confiait l'affaire mais qu'il fallait faire vite.

Les policiers avaient élu domicile à la gendarmerie de Lectoure, ce serait plus facile de venir le matin et de repartir le soir pour mener l'enquête.

Dès le lundi, ils firent un briefing et placèrent, sur un tableau accroché au mur, les photos prises la veille : le mort, les traces au sol, la chaise, la bibliothèque, tandis que Sylvie, l'inspectrice stagiaire, s'affairait à faire des recherches d'empreintes digitales dans les bases de données sur l'ordinateur, sans succès.

Ils menèrent l'enquête auprès de la population pendant trois jours mais ne trouvèrent rien qui puisse les mener vers le meurtrier.

Mais, le jeudi matin, une femme, Madame Santos arriva à la gendarmerie et demanda à voir l'inspecteur.

— Bonjour, est-ce que je pourrais avoir un entretien avec l'inspecteur ? demanda-t-elle au gendarme qui se trouvait au guichet.

— De quoi s'agit-il ? questionna-t-il.

— Du meurtre de l'abbé. répliqua-t-elle.

— Je vais voir s'il peut vous recevoir.

Le gendarme s'absenta trente secondes et revint en s'adressant à la bonne femme :

— Allez-y, il vous attend. Prenez le couloir, deuxième porte à droite.

La porte était ouverte. Elle frappa trois coups et entendit : « Entrez ! ».

L'inspecteur Bardini était assis derrière son bureau.

— Bonjour Madame, dit-il.

— Bonjour Monsieur, rétorqua-t-elle.

— Alors, vous avez des informations à nous donner ?

— Oui.

— Et pourquoi avez-vous tardé à vous manifester ?

— Je viens d'arriver, enfin, il y a deux heures. J'ai été mise au courant tout de suite de ce qui est arrivé. Je n'étais pas là. Après les carriolades d'hier, je suis partie chez mes petits-enfants et je viens juste de rentrer.

— Mais si vous étiez absente, qu'avez-vous pu voir ?

— C'est-à-dire que pendant que je regardais la course des engins des carriolades, j'ai entendu le curé crier après un jeune homme.

— Et qu'avez-vous entendu ?

— Le curé criait après lui : « Ce n'est pas un vêtement de carnaval que je porte ! C'est un vêtement qui représente des valeurs ! On ne fait pas ça ! C'est vraiment très irrespectueux » !

— Et pourquoi parlait-il à ce jeune homme de cette façon-là ?

— Parce que le jeune homme a lancé de la farine sur sa soutane. Il en avait plein le dos. D'ailleurs, une femme est intervenue ensuite pour enlever la farine avec sa main en lui disant pour plaisanter : "Je ne vais pas aller plus bas". C'était rigolo. Mais je crois bien que ce jeune homme était un peu éméché.

— Et vous le connaissez ce jeune homme ?

— Je ne le connais pas mais je l'ai vu une fois à la charcuterie. Il avait l'air de connaître le serveur puisqu'ils parlaient ensemble. Il avait un accent hollandais. Je me souviens qu'il était grand, blond, très musclé et qu'il avait un tatouage sur la nuque.

— Vous vous souvenez de ce qu'ils disaient ?

— Il était question du lac. Le serveur lui demandait si ça se passait bien, s'il y avait de l'ambiance, s'il était content d'être venu à Lectoure pour la saison.

— Ça veut dire alors qu'il travaille au lac ?

— Moi je n'en sais rien, c'est tout ce que je peux vous dire.

— Vous pouvez signer la déposition que Sylvie vient d'écrire pendant que vous m'expliquiez tout ça ?

Madame Santos signa la déposition, salua l'inspecteur qui la salua à son tour et partit.

— Messieurs, on a du pain sur la planche, dit-il aux deux gendarmes.

Et, s'adressant à Sylvie : « Vous venez avec nous bien évidemment »".

— Sylvie et moi on y va en voiture. Vous, prenez le fourgon.

— Ah bon, vous avez l'assassin ? questionna un des deux gendarmes.

— C'est possible, on va voir.

— Et où est-ce qu'on va ?

— Direction le Lac des Trois Vallées.

— Ah bon ! s'exclama le deuxième gendarme.

— Allez, en route.

Ils descendirent au Lac des Trois Vallées, un camping haut de gamme à quatre kilomètres du centre-ville.

Ils passèrent le contrôle d'accès et se dirigèrent vers l'accueil.

— Bonjour Mademoiselle, dit l'inspecteur à la jeune fille qui travaillait là.

— Bonjour, Monsieur, répondit la jeune fille avec un accent légèrement anglais. Que puis-je faire pour vous ?

— On cherche un jeune homme, grand, blond, athlétique avec un tatouage sur la nuque. Il ne doit pas y en avoir beaucoup de ce type-là, surtout avec ce tatouage.

— Oui, je vois qui c'est. C'est Marteen. Il est responsable de l'animation ici.

— Et où peut-on le trouver ?

— À cette heure-ci, il doit être au bureau pour préparer les animations de cet après-midi.

— Et le bureau, où se trouve-t-il ?

— En face. D'ailleurs vous voyez, la porte est ouverte.

— Merci Mademoiselle, bonne journée.

— Au revoir Monsieur, répondit-elle avec un beau sourire.

L'inspecteur Bardini sortit, se dirigea vers les deux policiers et Sylvie qui étaient restés près des véhicules.

— Bon ! Suivez-moi ! On va voir ce fameux Marteen. C'est le prénom de ce monsieur.

Ils frappèrent à la porte, entendirent "Entrez" et virent le jeune homme, exactement tel qu'il avait été décrit, les cheveux blonds, mais un peu délavés, le style surfeur.
— Bonjour Monsieur, firent en chœur les policiers.
— Bonjour, que puis-je faire pour vous ?
— Je suis l'inspecteur Bardini et j'enquête sur la mort du curé de Lectoure.
— Et que voulez-vous savoir ?
— Ce que vous faisiez dimanche dernier entre midi et midi et demi.
— Et pourquoi ?
— Parce qu'on vous a vu lancer de la farine sur l'abbé Caumont et qu'il y a eu une altercation le samedi après-midi pendant les carriolades. Vous vous en souvenez ?
— Euh... oui, mais je n'ai rien à voir avec la mort du curé.
— C'est ce que vous dites. Mais je mène l'enquête et je dois tout vérifier.
On pourrait aller voir votre bungalow ?
— Oui, pas de problème, répliqua Marteen.

Au bungalow, ils trouvèrent des baskets à la semelle noire, beaucoup de vêtements de sport, et un kimono.

— Tiens, vous pratiquez un art martial ? demanda
l'inspecteur.
— Oui, je fais du karaté.
— Tiens, quelle coïncidence ! s'exclama Bardini.
— Ça fait longtemps que vous pratiquez ?
— Assez longtemps pour être ceinture noire.
— Ah bon ! Je suis désolé, Monsieur Marteen, mais je dois
vous emmener à la gendarmerie pour quelques autres
vérifications.

Un des deux gendarmes passa les menottes aux poignets de
Marteen et l'embarqua dans le fourgon devant les yeux
écarquillés de quelques vacanciers.
— Sylvie, tu peux lui prendre les empreintes digitales pour
les comparer à celles qu'on a trouvées sur la poignée et le
montant de la porte de la sacristie ?
— Oui inspecteur, je fais ça tout de suite.

Elle prit les empreintes digitales du hollandais et les
gendarmes placèrent Marteen dans une cellule, en garde-à-
vue.
On compara les empreintes et il s'avéra que c'étaient celles
de Marteen.
Par contre, rien ne prouva que les traces noires provenaient
de ses baskets.

Le téléphone sonna.

— Allô, Bardini, c'est Bidot à l'appareil. Alors, ça va venir les résultats de l'enquête ? J'ai eu le procureur et il n'a pas l'air très content.
— Bonjour Bidot, on tient justement un coupable.
— Faites vite ! Ça commence à barder, Bardini !
— Je vous tiens au courant.
— Plus vite vous tiendrez le coupable et mieux ce sera. À mon avis, les lectourois doivent avoir peur.
— C'est vrai mais il faut du temps, ce n'est pas si simple. Je fais mon possible.
— À bientôt Bardini.
— À bientôt Bidot.

Bardini raccrocha le téléphone et s'adressa à un gendarme.
— Allez me chercher Marteen s'il vous plaît.

Le gendarme s'exécuta, amena Marteen dans la pièce qui faisait office de bureau, le fit asseoir en face de l'inspecteur Bardini et lui enleva les menottes.
— Voilà Monsieur Marteen, tout est contre vous. Sylvie, veuillez noter l'entretien s'il vous plaît.
— Je n'ai rien fait, je n'ai pas tué le curé, je n'avais aucune raison de le faire.

— C'est ce que vous dites, mais plusieurs éléments le laissent penser.

— C'est pas possible !

— On vient de comparer vos empreintes digitales avec celles que l'on a trouvées sur la porte de la sacristie. Vous faites du karaté et l'abbé Caumont a reçu plusieurs coups dont un fatal entre les jambes qui a provoqué une crise cardiaque. Même si les traces qu'il y avait sur le sol ne proviennent pas de vos baskets, vous avez peut-être d'autres chaussures que vous avez caché.

— Non, c'est pas moi.

— Alors, comment expliquez-vous tous ces éléments qui vous accusent ?

— Samedi soir, après les carriolades, je montais au bastion et j'ai vu Monsieur l'abbé entrer dans la cathédrale par la petite porte. Je l'ai suivi, j'ai regardé dans la cathédrale mais je ne l'ai pas vu. Alors, j'ai ouvert la porte de la sacristie, voilà pourquoi vous avez trouvé mes empreintes. Mais je ne l'ai pas frappé, je vous le jure.

— Et vous avez trouvé la sacristie comme ça ?

— Je suis venu visiter la cathédrale à mon arrivée et y suis revenu de temps en temps. C'est beau, et je viens écouter les concerts d'orgue lorsqu'il y en a.

— Et pourquoi vouliez-vous le voir ?

— Pour m'excuser de ce que j'avais fait le samedi après-midi. Je ne voulais pas l'offenser. C'était un jeu. Je sais que j'ai eu tort, que ça ne se fait pas, mais j'avais pris un peu trop de bières chez Bayonne au café des sports et je voulais seulement m'amuser.

— Drôle d'amusement, Monsieur Marteen.

— C'est pas moi, c'est pas moi.

— Bon, maintenant, racontez-moi où vous étiez dimanche ente midi et treize heures.

— Je faisais un footing.

— Un footing dites-vous ? Et quelqu'un vous a vu ?

— Si je me souviens, j'ai croisé un pèlerin vers la Croix rouge.

— Bien sûr vers la Croix rouge, mais de la Croix rouge, c'est facile de remonter en ville très rapidement. Ça ne tient pas, votre explication.

— Je vous jure ! Je suis allé de l'autre côté des collines. Je suis parti vers onze heures trente et il faut bien quarante-cinq minutes pour y arriver. J'ai fait ensuite une marche pour me reposer et suis revenu. Je ne pouvais pas être à la cathédrale à cette heure-là.

Sylvie, l'inspectrice stagiaire, tapait le rapport sur l'ordinateur. Ce n'était pas ce qu'elle préférait, mais il fallait bien qu'elle en passe par-là.

— Et quelqu'un vous a-t-il vu ?

— Je n'ai croisé personne, juste un chien qui m'a fait un peu peur, mais c'est tout.

— Vous êtes dans de sales draps, vous savez ?

— Vous vous trompez inspecteur, ce n'est pas moi, dit
Marteen la mine déconfite.

Il mit sa tête entre ses mains et eut un sursaut.
— Attendez ! Attendez ! Quand j'étais de l'autre côté des
collines, pendant que je marchais, j'ai reçu un appel de ma
copine sur mon portable, qui a duré environ dix minutes.
— Vous essayez de vous en tirer comme ça ! On va vérifier !

Bardini resta un peu songeur : « il faut vérifier ça, c'est
important ».
— Samy, dit l'inspecteur en s'adressant à un des deux
gendarmes – ils se connaissaient un peu mieux maintenant
— Remettez-lui les menottes et reconduisez-le dans la
cellule.

Samy s'exécuta.
— Sylvie, avez-vous pris toutes les notes ?
— Oui, inspecteur.
— Très bien. Il est tard maintenant. Demain, vous venez
avec moi chez Orange, on va vérifier les appels du portable
de Marteen. C'est très important. Imaginez qu'il dise la
vérité.

Marteen dormit très très mal cette nuit-là. L'inspecteur
Bardini également, car il se posait bien des questions.

Le lendemain matin, ils s'arrêtèrent à Fleurance, situé entre Auch et Lectoure, pour vérifier chez Orange le relevé téléphonique de Marteen.

Les deux policiers montrèrent leur plaque et il leur fut très facile d'obtenir les renseignements désirés.

— Voilà Monsieur l'inspecteur, dit l'employé en lui tendant le relevé téléphonique de Marteen du dimanche en question.

— Regardez Sylvie. Un appel à neuf heures trente et une, un autre à dix heures.

Ils parcoururent la feuille. Il y avait pas mal de SMS enregistrés entre dix heures et onze heures trente. Ils arrivèrent au moment qui les intéressait, entre midi et midi trente.

Il y avait eu en effet une conversation d'une durée non pas de dix minutes mais de vingt.

— Vous voyez ce que je vois, Sylvie ?

— Oui, mais alors, il ne ment pas.

— Attendez, on ne sait pas où il était.

— Ah, oui, c'est exact, répondit Sylvie. Mais, Monsieur Bardini, on peut savoir où se trouvait Marteen quand il a eu cet échange téléphonique.

— Et comment ça, Sylvie ?

— Mais avec la géolocalisation.

— Vous avez raison Sylvie, bien joué.

Ils allèrent revoir l'employé et lui demandèrent s'il pouvait connaître le lieu où se trouvait Marteen lors de l'échange téléphonique.

— Oui, Monsieur l'inspecteur, répondit l'employé. Mais moi, ici, je n'ai pas ces renseignements.

— Et vous ne pouvez pas les avoir, c'est très important.

— Je vais téléphoner au centre. Je vais voir ce que je peux faire.

On lui répondit qu'on pouvait lui faxer ces renseignements. Cinq minutes après, le fax arriva.

Il mentionnait que le receveur de l'appel, à cette heure-là, se trouvait au-delà de l'ancienne propriété de Monsieur Fontaine, bien après la deuxième colline du côté nord, qu'il avait échangé pendant vingt minutes avec le numéro 06 34...

Bardini et Sylvie prirent congé de l'employé d'Orange.

— Merde, ce n'est pas lui, quel temps perdu, je vais me faire engueuler. Il faut reprendre l'enquête à zéro. Vous vous rendez compte ? Pas simple d'être inspecteur, vous savez. Et vous avez choisi ce métier ! Eh bien, bon courage ! dit-il en s'adressant à Sylvie.

Effectivement, après avoir libéré Marteen qui, peu de temps après, quittait Lectoure pour sa hollande natale, Bardini se fit sérieusement engueuler par le commissaire. Quel savon !

Tout était à refaire. On lui laissa tout de même l'enquête.

« Un curé assassiné, un meurtrier dans la nature, des personnes qui n'ont rien vu ni rien entendu, ça va être compliqué », se dit Bardini.

— Bon, on se bouge ! Y'a du boulot ! Et il faut faire vite ! Je compte sur vous. Il faut mettre les bouchées doubles ! On va être obligé d'y passer le week-end ! cria l'inspecteur Bardini.

Il était neuf heures, il faisait beau, c'était le vendredi, jour de marché à Lectoure. Dans la rue, on entendait des bribes de conversations :

« Tu crois qu'ils vont l'attraper... Tu crois qu'il est bon l'inspecteur... Le commissaire aurait dû faire l'enquête lui-même... Moi, j'ai peur... On ne peut pas vivre tranquillement... T'en fais pas, c'est au curé qu'on en voulait, pas à nous, t'inquiète... Qui ça pourrait être d'après toi... C'est un détraqué... Et le hollandais, il l'a échappé belle... Il a dû avoir la trouille... C'est passé aux infos... C'est quelqu'un d'ici... Pourvu qu'on l'attrape ce salaud... »

Les commentaires allaient bon train.

Comme Sylvie s'attardait à un stand de légumes et que ses collègues l'avaient devancée, un homme tira le bras de Sylvie et lui chuchota à l'oreille :

— Ça pourrait peut-être vous intéresser, sait-on jamais.

— Qu'est-ce qui pourrait nous intéresser, Monsieur ? demanda Sylvie.

— Ben, je peux pas le dire ici.

— Venez alors cet après-midi à quinze heures à la gendarmerie, dit Sylvie à cet homme sale, pas rasé, mal vêtu.

Sylvie rejoignit l'inspecteur Bardini et les deux gendarmes et leur raconta la petite discussion.

— On ne sait jamais, c'est peut-être une piste. Tiens, c'est vous qui assurerez l'entretien, dit Bardini.

— Oh, merci, inspecteur ! Ce sera mon premier entretien. Mais vous n'allez pas me laisser toute seule avec cet hurluberlu.

— Bien sûr que si ! Il faut vous faire à tout. Vous en verrez d'autres, répliqua Bardini.

Le rendez-vous de quinze heures fut long à arriver. Que pouvait bien vouloir raconter ce genre de personnage ?

— Bonjour Mamzell', fit Manu.

— Bonjour Monsieur, répondit l'inspectrice stagiaire. Monsieur qui, au fait ?

— M'sieur Ariani, Manu Ariani, Emmanuel Ariani.

— Enchantée, Monsieur Ariani.

— Enchanté, jolie mamzell'.

— Appelez-moi Mademoiselle Dupin

— Et vot' p'tit nom ?

— Contentez-vous de Mademoiselle Dupin.

— Ah bon, désolé mamzell' Dupin, conclut Monsieur Ariani dont la bouche dégageait une odeur de vin et les vêtements une odeur de renfermé.

— Venons-en au fait, Monsieur, s'il vous plaît. Qu'avez-vous à nous dire ?

— Eh ben, j'm' rentrais au bercail. Ah ! Que d' mond' à l'apéro du curé ! Mais j'suis pas allé, vous pigez ! Quand j'étais d'vant l' p'tit parking, vous savez, c'lui en fac' l'arracheur de dents, moi j'y vais jamais, chez c' typ'. J'me suis appuyé sur une bagnol' pour r'faire mon lacet, pour pas m'casser la gueul' après, vous savez qu'est-c'que c'est.

— Oui, il vaut mieux refaire ses lacets, Monsieur Ariani, ajouta Sylvie qui pensait : "il n'y a pas que les lacets à revoir".

— Eh ben, après, j'ai vu qu'je connaissais cett' bagnol'. C'est un' p'tit' bagnol' noir', une 107, une Peugeot 107.

— Mais il en a beaucoup de Peugeot 107 noires qui circulent.

— Ben ouais, mais cell'-là, ell' a quek chos' d'particulier.

— Qu'a-t-elle de particulier ?

— Eh ben, mamzell', y a un p'tit cabot jaun' en p'luche sur la lunett' arrièr' et ça court pas les street un p'tit cabot jaun' en p'luche à l'arrièr' d'un' Peugeot 107 noir'.

Il éternua violemment, sortit un mouchoir douteux, s'essuya et remis le mouchoir dans la poche de sa veste.

— Sorry, mamzelle Dupin.

Il n'arrivait pas à dire Mademoiselle.
— Et alors ?
— Eh ben, pourquoi qu'ell' était là, cett' bagnole d'la pharmacienn' ?
J' vous l' demande.
— C'est pas interdit, à ce que je sache de se garer sur un parking.
— Ouais, mais ell' crèch' pas loin la bell' p'tite dam', ell' la gar' toujours dans la street derrièr' la pharmacie et y a toujours d' la plac', Ils ont mêm' un super big garag''.
— Je ne vois pas d'anomalies.
— Ben, moi, si ! Pourquoi qu'ell' a garé sa bagnol' là ? J' m' l' demand'. Et pis, y a eu un crim'. On peut s' poser des quouestionsss non ?
— Effectivement, on peut se poser des questions.
— Eh ben moi, j'm'en suis posé des quouestionsss. Pourquoi qu'ell' a d' la plac' dans la street derrièr' chez ell', un super big garag', et qu'ell' vient foutr' sa bagnol' là et avec tout c'mond' en plus. C'est pas ça bizarr' ? Hé ben, moi si, j'trouv' ça bizarre.

L'inspectrice stagiaire se demandait si cet homme ne divaguait pas. Il devait avoir fait un mince repas bien arrosé.

— Monsieur Ariani, je vous remercie d'être passé nous raconter tout cela. Vous voulez bien signer votre déposition ?

— Ben oui, mazell' jolie Dupin. Et vous n'allez pas enquêter ? À vot' place...

— Au revoir, Monsieur Ariani. Merci beaucoup de vous être déplacé.

— Au r'voir, mamzell' jolie Dupin, vous m' mettrez au parfum hé ?

— Sans faute, Monsieur Ariani, au revoir.

Monsieur Ariani quitta la gendarmerie, non sans mal. L'inspecteur Bardini, qui avait fait des recherches sur internet, vint voir Sylvie.

— Alors, ça s'est bien passé ?

— Pas trop mal, mais c'est un énergumène.

— Oui, mais il est gentil. Samy le connaît. Enfin, tout le monde le connaît. Il n'est pas méchant. Il s'est installé à Lectoure il y a une dizaine d'années. On ne sait pas trop d'où il vient. Attendez, j'ouvre la fenêtre davantage, vous m'avez compris.

— Oui, je vous ai compris. Ah ! L'odeur se dissipe.

— Qu'est-ce qu'il vous a raconté ?

— Une histoire de bagnole, comme il dit.

— Quelle histoire de voiture ? demanda Bardini intrigué.

Sylvie lui raconta rapidement l'entretien.

— Toutes les pistes sont bonnes à prendre. Il ne faut rien négliger. Et ce n'est pas si bête que ça, cet indice ? On va voir ça de plus près.

Mais attendez, avant, je dois vous dire ce que j'ai trouvé sur internet.

— Qu'avez-vous trouvé, des choses importantes ?

— On ne sait jamais, elles peuvent l'être.

Voilà : l'abbé Caumont n'est pas à son premier changement de paroisse. Il a exercé à Lyon, à Nantes, à Lille et encore à Strasbourg. Enfin, jusqu'à maintenant, il a déménagé au moins cinq fois, et toujours dans des villes très distantes les unes des autres.

— Allez, on va voir cette pharmacienne.

Ils montèrent rapidement dans la voiture de service et cinq minutes après, se garèrent tout près de la pharmacie. Ils entrèrent. La pharmacie était vide, seule la pharmacienne, Madame Carly, se trouvait derrière son comptoir.

— Bonjour Madame, dirent les deux inspecteurs.

— Bonjour, que puis-je faire pour vous ? questionna Madame Carly, effectivement très jolie femme.

— Vous savez que l'on enquête sur ce meurtre. On voudrait vous poser quelques questions de routine, dit Bardini.

— À moi ? s'étonna la jeune femme. C'est affreux, ce qui est arrivé ! Je n'arrive pas à le croire.

— Pourtant, hélas, c'est bien vrai, répliqua-t-il.

— Et en quoi puis-je vous aider ?

— Voilà. On voudrait savoir si le véhicule Peugeot 107 noir, avec un petit chien jaune sur la lunette arrière est bien la vôtre.

— Effectivement, c'est bien la mienne.

— L'avez-vous utilisée dimanche entre, disons, onze heures quarante-cinq et midi trente ?

— Non, pourquoi ? J'étais ici. La pharmacie était ouverte et d'ailleurs, j'avais quelques clients.

— D'après vous, pourriez-vous expliquer pourquoi votre voiture était stationnée sur le petit parking de la cathédrale ?

— Pardon, ma voiture, mais elle était dans le garage.

— Ce n'est pas possible madame, quelqu'un l'a vue à l'endroit dont on vous parle, et aux heures que je vous ai indiquées.

— Êtes-vous certain de ça ?

— Oui Madame, sûr et certain.

— C'est bizarre, très bizarre.

— Et personne n'aurait pas pu la prendre ?

— Non, qui voulez-vous qui la prenne ?

— Et votre mari, Monsieur Carly, il était avec vous pour servir les clients ?

— Non, il n'était pas nécessaire qu'il soit là. Deux ou trois clients, vous savez ça va vite.

— Et où se trouvait-il ?

— Dans l'arrière-boutique. Il devait préparer un médicament avant que l'on ferme. On devait partir juste après le repas et ne revenir que le lundi soir. Le client devait venir le chercher mardi matin dès l'ouverture.

— Peut-on voir l'arrière-boutique ?

— Mais bien sûr, pas de problèmes. D'ailleurs mon mari s'y trouve. Il vérifie le stock. Vous pouvez y aller, c'est par là.

Ils se retrouvèrent dans l'arrière-boutique, en compagnie de Monsieur Carly, un homme grand, svelte, clair de cheveux, l'œil vif, la quarantaine, habillé d'un pantalon de ville gris, d'une chemise d'un gris un peu plus clair, le tout complété par des chaussures de toile noire, qui connaissait déjà l'inspecteur et l'inspectrice pour les avoir vus enquêter auparavant.

— Bonjour Monsieur Carly. Excusez-nous de vous déranger, mais on vient poser des questions en ce qui concerne le meurtre de l'abbé Caumont.

— Mais qu'est-ce que j'ai à voir là-dedans,

— Questions de routine, Monsieur Carly, on interroge tout le monde.

— Votre enquête avance ? Vous avez une piste ?

— On cherche encore. C'est une véritable énigme. On n'est pas au bout de nos peines.

— Que puis-je faire pour vous ?

— La voiture de votre femme a été vue sur le parking de la cathédrale le dimanche en question entre onze heures quarante-cinq et midi trente.

— Ce n'est pas possible ! Ma femme servait des clients dans la boutique et moi j'étais ici, je faisais une préparation pour un client.

— On le sait Monsieur Carly, votre femme nous en a déjà informés, et elle nous a confié que sa voiture était dans le garage.

— Effectivement, on la met toujours dans le garage le week-end car on prend l'autre pour partir.

— Monsieur Carly, y a-t-il un accès direct de cette pièce au garage ?

— Mais vous me soupçonnez, c'est incroyable !

— On ne fait que quelques vérifications vous savez.

L'inspectrice stagiaire écoutait mais regardait à droite et à gauche de temps à autre. Elle aurait bien aimé mener l'entretien.

— Un accès direct ? Oui, derrière ces étagères, il y a une porte qui donne dans le garage.

— On peut voir ? questionna l'inspecteur.

— Oui, venez, mais je ne vois pas quel est le rapport entre le garage, la voiture, le meurtre et moi.

— Ne vous inquiétez pas, Monsieur Carly. Vous avez très bonne réputation depuis que vous vous êtes installés ici. On n'entend que du bien de votre femme et de vous-même.

— Ah, merci, ça fait plaisir.

— Bien, on va vous laisser vaquer à vos occupations professionnelles, mais venez à la gendarmerie demain vers dix heures si vous le pouvez.

— À la gendarmerie, moi ? C'est insensé !

— On vous y attend, Monsieur Carly, juste pour un complément d'information.

— Je viendrai, Monsieur l'inspecteur. Si je peux vous aider...

— Au revoir et à demain.

— Au revoir, Monsieur Carly, dirent successivement Bardini et Sylvie.

Ils reprirent la voiture et retournèrent à la gendarmerie.

— Sylvie, il faut faire des recherches sur Monsieur Carly, Monsieur Frédéric Carly.

Sylvie s'affaira sur son ordinateur et tapa le nom sur le moteur de recherche le plus connu des internautes.

Des Frédéric Carly, il y en avait un paquet : Frédéric Carly, maçon à Bordeaux - SARL Frédéric Carly à Agen - garage Frédéric Carly à Besançon et j'en passe - kinésithérapeute Frédéric Carly etc. etc.

Les recherches n'aboutissaient à rien. Alors qu'elle pensait à aller prendre un café, à la dernière ligne de la vingtième page du moteur de recherche, elle tomba sur cette information :

Lille : Championnat de taekwondo 1992

1er prix : Stéphane Ballan

2e prix : Djamila Oued

3e prix : Frédéric Carly

— Inspecteur, inspecteur, venez voir !

— Ah ! Intéressant ! Et c'est à Lille en plus !

— Pourquoi Lille ? Monsieur l'inspecteur ?

— Parce que l'abbé Caumont exerçait à Lille à la même période, c'est ce que j'ai trouvé hier pendant que vous conversiez avec monsieur "mamzelle"...

— Et quel rapport, Monsieur Bardini ?

— Réfléchissez un peu Sylvie. Les deux hommes, à la même période, à Lille et actuellement à Lectoure, à des années d'intervalle. Vous ne trouvez pas ça bizarre vous ? Et Monsieur Carly a été champion de taekwondo à dix-huit ans.

— Ah oui, mais ça peut être une coïncidence.

— Je ne crois pas aux coïncidences Sylvie. Et dans la police, les faits, les faits !

Il faut savoir maintenant dans quelle paroisse l'abbé Caumont exerçait.

— Je regarde, inspecteur Bardini.

Le résultat Google ne se fit pas attendre. Il indiquait que la paroisse en question était située dans le quartier Saint Maurice Pellevoisin.

— Maintenant, Sylvie, essayez d'appeler la paroisse de Saint Maurice Pellevoisin pour savoir à quelle période le mort s'y trouvait. Ensuite, appelez l'état civil de Lille pour savoir où habitait Monsieur Carly.

Sylvie appela la paroisse qui lui répondit que l'abbé y était présent de 1982 à 1988. L'employée de l'état civil de Lille la fit tourner en bourrique, mais elle obtint le renseignement souhaité. Monsieur et Madame Carly, les parents de Frédéric le pharmacien, habitaient près de la gare, dans le quartier de Saint Maurice Pellevoisin.

— Vous voyez Sylvie, il n'y a pas de hasard. Maintenant, il faut cuisiner le pharmacien.

Le lendemain, à dix heures pétantes, Monsieur Carly entrait dans le bureau de l'inspecteur. L'entretien battait son plein.

— Monsieur Carly, il y a du nouveau depuis hier.

— Ah bon, et quelles sont les nouvelles, Monsieur l'inspecteur ?

— Je vous soupçonne d'avoir tué l'abbé Caumont.

— Mais vous êtes devenu fou !

— Restez poli Monsieur Carly.

— Veuillez m'excuser. Je me suis emporté. Et qu'est-ce qui vous fait dire que j'ai tué l'abbé ?

— Je vais vous le dire. Mon travail consiste comme vous le savez, à mener une enquête, à trouver des éléments, de les rassembler, de trouver des preuves.

Or j'ai pas mal d'éléments et une preuve.

L'inspecteur fit mine de réfléchir et ajouta :

— Vous savez que d'ores et déjà, vous pouvez faire appel à un avocat.

— Non, ce n'est pas nécessaire puisque je vous dis que je suis innocent. Quels sont les éléments en question, Monsieur l'inspecteur ?

— Voilà : vous habitiez le quartier Saint Maurice Pellevoisin à Lille jusqu'à l'âge de vingt-huit ans avec vos parents et c'est à Lille que vous avez fait vos études de pharmacie. C'est bien ça ?

— Oui, c'est exact.

— Or, L'abbé Caumont a exercé dans ce même quartier entre 1982 et 1988.

À cette époque-là, vous étiez adolescent.

— Et alors, qu'est-ce que vous voulez prouver ?

— Monsieur Carly, en général, les enfants vont au catéchisme, à la messe et font leur communion solennelle.

— Oui et alors, ce n'est pas obligatoire ?

— Alors vous connaissiez l'abbé Caumont à cette époque-là.

— Pas du tout !

— Permettez-moi d'en douter, Monsieur Carly.

— Vous pensez ce que vous voulez, Monsieur Bardini.

L'entretien était long et Sylvie proposa un café. La discussion reprit.

— Laissons cela de côté pour le moment. Ensuite, j'ai une autre information et vous n'allez pas me dire le contraire.

— Laquelle ?

— En 1992, alors que vous aviez dix-huit ans, vous avez été, non pas premier, ni deuxième, mais troisième du championnat de taekwondo à Lille, n'est-ce pas ?

— C'est possible.

— On est tombé sur cette information que vous ne pouvez pas nier.

— Oui, c'est vrai, mais je ne m'en souvenais pas vraiment.

— Permettez-moi de vous dire que ça m'étonne ! Et savez-vous que le curé est décédé d'une crise cardiaque à la suite d'un coup de pied entre les jambes ? Qui d'autre qu'une personne qui pratique un art martial comme celui que vous avez pratiqué aurait pu faire ça ?

— Mais il y a beaucoup d'autres personnes qui pratiquent ce sport.

— Effectivement, mais tout le monde n'a pas vécu à Saint Maurice Pellevoisin, quartier dans lequel l'abbé Caumont prêchait.

Il vous faut un avocat, Monsieur Carly, et je vous conseille d'avouer, les juges seront plus cléments.

Le pharmacien fut mis en garde-à-vous. Sa femme fut prévenue, et elle contacta un avocat de qualité dont elle avait entendu parler, qui arriva dès le lendemain.
Ce dernier conseilla à son client de plaider coupable.
Après les salutations d'usage, l'inspecteur exposa les faits.
Monsieur Carly l'écouta et acquiesça.
Mais l'inspecteur et l'inspectrice stagiaire étaient loin de se douter de ce qui avait amené le coupable à commettre un tel acte.
Monsieur Carly avait craqué. Il avoua qu'il avait rendu visite à l'abbé Caumont à la sacristie le dimanche matin après la messe. Pourquoi le dimanche matin après la messe alors qu'il y avait du monde dehors ? Nul ne le saura.
Il relata les abus qu'il avait subis de la part de l'abbé alors qu'il avait douze ans et qu'il était enfant de chœur à l'église de Saint Maurice Pellevoisin.
Le curé s'était emporté et lui avait répondu qu'il fabulait.
Monsieur Carly s'était alors énervé.
Ces événements-là étaient tellement douloureux qu'il lui fut impossible de se contrôler.

Il avait frappé une fois, deux fois, trois fois, quatre fois et le curé était si odieux qu'un coup de pied atteignit son entrejambe.

Monsieur Carly expliqua qu'il n'avait pas voulu tuer le curé mais qu'il voulait lui donner une leçon.

Le procès eut lieu. Monsieur Carly bénéficia des circonstances atténuantes. Il fut condamné à trois ans d'emprisonnement.

Sa femme ferma la pharmacie et déménagea en Provence.

On parla de ce fait divers pendant de longues années à Lectoure.

Puis comme l'a écrit Georges Brassens dans la chanson "Brave Margot", "On oublia l'événement".

Serge Mauro

L'étrange visiteur

« Quelle belle région vous habitez ! » s'exclama le célèbre archéologue, Jean Brouille, en s'adressant au directeur du site gallo-romain de Séviac dans le Gers. Jean Brouille était en vacances à Montréal-du-Gers. C'était un homme d'une cinquantaine d'années, aux cheveux gris ébouriffés autour d'un crâne chauve. Il portait un tee-shirt rouge trois fois trop grand, un short à fleurs roses et des nu-pieds. Un appareil photo en bandoulière complétait la panoplie du parfait touriste. L'archéologue avait pris rendez-vous avec Sarah Croche pour la visite mais comme celle-ci était en congé, c'est l'autre guide, Jean Mène, qui proposa de l'accompagner. 2

Ils commencèrent la visite par la cour centrale. Jean Brouille fut époustouflé en découvrant un morceau de mosaïque en trompe-l'œil. Il s'écria : « On dirait que c'est en 3D, c'est magnifique ! »
Puis le guide lui fit découvrir le chauffage par le système d'hypocaustes avec les galeries où l'on faisait circuler de l'air chaud sous le sol, entre les pilastres. Impressionné par tant d'ingéniosité, notre savant trébucha et perdit ses lunettes, sous les yeux ahuris du guide qui se retenait de rire. 3

Ayant récupéré ses lunettes, Jean Brouille se releva et comme si rien ne s'était passé, se dirigea vers la superbe mosaïque représentant un panier de fruits qu'il photographia sous tous les angles. Puis il admira d'autres grandes mosaïques pareilles à des tapis. Ils arrivèrent aux thermes où les habitants de la villa se lavaient en passant dans trois piscines successives : le doux tepidarium, puis le caldarium à 55° et enfin le frigidarium. Attiré par un détail de mosaïque, Jean Brouille se pencha en avant, perdit l'équilibre et tomba brutalement au fond de la piscine, sans eau.

Cette fois-ci, le guide ne put s'empêcher de s'esclaffer. Honteux, Jean Brouille se releva avec une douleur à la cheville. Il s'excusa auprès de Jean Mène et il poursuivit la visite en boitant. Ils en étaient à la dernière étape : « Les amants de Séviac ».

La dent suspecte

Vivement intéressé, l'archéologue voulait tout savoir. Le guide lui expliqua que c'étaient les corps de deux jeunes gens de l'époque mérovingienne, morts autour du VIe ou VIIe siècle. Les squelettes enfermés dans leur cercueil de verre mesuraient environ un mètre soixante-dix pour l'homme et un mètre cinquante-cinq pour la fille. 5

C'est une journaliste qui, en les découvrant, dans les années soixante-dix-quatre-vingts, les nomma « Les amants de Séviac », parce que le garçon avait son bras posé sur l'épaule de la jeune fille. Le savant, de plus en plus curieux, voulut les voir de plus près ; il se pencha, écrasa au passage le pied de Jean Mène qui cria de douleur, et l'archéologue tomba sur la vitre qui protège les squelettes. Il était nez à nez avec le crâne du Mérovingien. Reprenant ses esprits, il aperçut un reflet qui l'intrigua, il ajusta ses lunettes et constata, surpris, qu'une dent de la mâchoire inférieure était plombée. Il n'existait pourtant pas de dentiste du temps des Mérovingiens ! D'un bond, Jean Brouille se releva, fit part de sa découverte au guide : ces squelettes n'étaient pas les vrais ! Les éclats de voix attirèrent les autres visiteurs. Personne n'y croyait mais Jean Mène, ancien dentiste, confirma l'étrange hypothèse. Aussitôt prévenu, le directeur du site demanda une expertise.

Le début de l'enquête

À qui appartenaient ces ossements ? Qui les avait déposés là ? Et où étaient passés les vrais ? Voilà les questions que se posait Jean Brouille. Pour tenter d'y répondre, il fallait qu'il prolonge son séjour à Montréal. Ce qu'il fit, emporté par sa curiosité de chercheur. Pour commencer, il demanda à un copain de la police scientifique de venir prélever d'éventuelles traces d'ADN sur les ossements afin de retrouver la personne qui les avait transportés là.

Ensuite, il voulut se renseigner sur le personnel travaillant sur le site. Le directeur, encore sous le coup de l'émotion, reçut l'archéologue dans son bureau et lui donna les informations souhaitées. Il parla d'abord de la gardienne Sandy Quileau, mince jeune femme brune, célibataire, au fort caractère, toujours présente sur les lieux. 7

Il évoqua ensuite les guides : Sarah Croche, absente pour la semaine, était une petite boulotte, très calée sur l'époque gallo-romaine et Jean Mène, marié, père de famille et dentiste à la retraite, sportif et passionné d'histoire et d'archéologie, qui passait ses vacances dans d'autres sites de fouilles. Il nomma enfin Alex Amplère, le spécialiste des fouilles, un homme célibataire jovial, sympathique qui accueillait les groupes d'enfants pour leur faire découvrir le plaisir de gratter la terre à la recherche de trésors.

Et le directeur, qui était-il ? L'archéologue détective voulait aussi des renseignements. Il demanda alors à Alex Amplère ce qu'il savait de son directeur, Henri Golpa. Il lui répondit « M. Golpa a 45 ans, deux enfants et est divorcé depuis deux ans. Il est très blagueur mais il ne faut pas l'énerver car il peut être très agressif. D'ailleurs, il a fait de la prison pour agression. C'est pour ça que sa femme est partie ; il est très énervé contre elle et ne veut plus la voir. »

Satisfait, Jean Brouille remercia l'employé.

Les mystérieuses disparitions

En sortant du site, l'archéologue vit arriver son ami policier qui venait lui donner les résultats de ses observations.

« J'ai une bonne et une mauvaise nouvelle, dit-il. La mauvaise, c'est qu'il n'y a pas de trace d'ADN sur les ossements, mais la bonne, enfin façon de parler, c'est que ces ossements sont récents et que ce sont les squelettes d'un homme et d'une femme et qu'ils datent de deux ans. Cela pourrait faciliter l'enquête.

En effet, répondit Jean Brouille, il suffit de trouver les personnes disparues dans la région depuis deux ans. Je vais m'adresser à la gendarmerie de Montréal pour commencer, puis j'irai consulter les archives du journal local, Gersniouz ».

L'archéologue se présenta donc à la gendarmerie. Jean Brouille expliqua l'objet de sa visite mais avec sa tenue et son allure, les gendarmes ne le prenaient pas au sérieux. Le nouveau détective vit leurs sourires moqueurs mais il insista, montra le rapport de son copain et il réussit à les convaincre de faire des recherches. Ils précisèrent quand même que cette affaire les concernait en premier lieu mais qu'ils acceptaient son aide puisque ça l'amusait.

Jean Brouille se rendit ensuite dans les bureaux de Gersniouz et demanda à consulter les archives. Une matinée de recherche lui permit de découvrir que cinq personnes avaient disparu deux ans auparavant dans toute la région du Sud-Ouest : Eva Nouilly, Sarah Molly, Jacques Goniz, Cléa Molette et Aïcha Feymal.

Il s'agissait maintenant pour Jean Brouille d'enquêter sur ces mystérieuses disparitions. Fier de ses bons résultats, il retourna voir les gendarmes. Ceux-ci, surpris du retour de cet homme étrange, l'écoutèrent tout de même. Il exposa le bilan de ses recherches et leur demanda de l'aide. Il lui fallait des renseignements sur les disparus et leurs familles. Le chef de la brigade de gendarmerie, après réflexion, se dit que finalement la résolution de ces affaires de disparitions pourrait lui permettre d'obtenir une promotion. Il accepta donc de renseigner Jean Brouille et d'ouvrir une enquête.

En quelques clics, le visage de Sarah Molly apparut sur l'écran de l'ordinateur. C'était une jeune fille âgée de 16 ans, jolie blonde aux yeux bleus qui vivait chez ses parents près d'Agen. Elle avait disparu après une soirée bien arrosée au cours de laquelle elle s'était disputée avec un ami. L'enquêteur n'ayant pas retrouvé de corps avait refermé le dossier. Fugue, enlèvement, assassinat ? Le mystère restait entier et la douleur immense pour les parents.

C'était le seul homme parmi les disparus, ne serait-il pas celui que recherchait Jean Brouille ?

... Mais quel rapport avec Séviac ?

Ce fut ensuite le tour d'Eva Nouilly, petite bonne femme de 41 ans aux yeux pétillants de malice. Elle habitait à Céran, petit village proche de Fleurance. Elle vivait seule depuis son divorce et travaillait à Carrefour. Victime d'un malaise à Auch, elle avait été transportée à l'hôpital d'où elle avait disparu.

Jean Brouille notait fébrilement tous les renseignements dans un drôle de carnet en forme de chapeau sous les regards amusés des gendarmes. Il enchaîna avec Cléa Molette, magnifique jeune femme de 42 ans, mécanicienne à Lectoure au garage Peunault. Sa disparition avait eu lieu peu après la mort de son mari. On avait supposé qu'elle avait décidé de changer de vie et de partir très loin. Restaient Jacques Goniz et Aïcha Feymal.

Jacques Goniz avait 43 ans, était divorcé, avait exercé le métier d'employé de pompes funèbres, autrement dit croque-mort à St Jean-Pied-de-Port dans le Pays Basque. Parti en vacances pour quelques jours, il n'était jamais revenu. La photo montrait un visage sérieux, un peu triste avec un air un peu prétentieux.

Tout se brouillait dans sa tête.

Et Aïcha Feymal ? Il apprit qu'elle avait 30 ans, était serveuse dans un bar à Lourdes mais avait été renvoyée à cause de ses malaises fréquents et de ses cris qui affolaient les clients. D'origine marocaine, cette jolie brune avait dû retourner dans son pays. C'est ce qu'on avait supposé lorsqu'on avait constaté qu'elle avait déménagé. Il serait facile de le vérifier auprès des autorités marocaines. C'est ce que décidèrent les gendarmes pour rassurer Jean Brouille qui semblait perdu et se rendait compte de la difficulté de cette enquête.

Jean Brouille poursuivit malgré tout ses recherches sur Aïcha Feymal. Il contacta un de ses amis, gendarme au Maroc et lui demanda de rechercher la jeune disparue. Quelques heures plus tard, il reçut un message qui lui donnait les coordonnées d'Aïcha Feymal. Elle n'était donc pas morte et était bel et bien retournée dans sa ville natale, Marrakech, où elle avait ouvert un petit restaurant, "Chez Aïcha c'est pas mal".

Heureux de pouvoir enfin avancer dans son enquête, Jean Brouille raya son nom d'un grand trait rouge sur son drôle de carnet-chapeau.

Après une nuit de repos bien mérité, notre archéologue-détective décida de se rendre au Pays basque dans l'espoir de consulter le dossier médical de Jacques Goniz. Les renseignements qu'il avait obtenus lui permirent de trouver son médecin à l'hôpital de Lourdes. A l'accueil, on lui indiqua le bureau du docteur Tamalou : "Montez au premier étage, tournez deux fois à gauche puis à droite, allez tout droit puis encore à gauche."

Jean Brouille faillit entrer dans le bloc opératoire, puis il tomba dans la laverie au milieu des machines. Il se trompa encore et atterrit au sous-sol au milieu des voitures de fonction ! Il était perdu ! Un infirmier qui arrivait l'accompagna jusqu'au bureau qu'il cherchait, un petit sourire aux lèvres. Jean Brouille patienta dans la salle d'attente jusqu'à ce que le médecin puisse le recevoir.

Enfin après les explications embrouillées de l'enquêteur farfelu, le docteur Tamalou accepta de lui montrer une radio du crâne du disparu qui avait subi autrefois une petite intervention. Aussitôt, Jean Brouille reconnut la dent plombée qu'il avait remarquée en tombant sur le squelette à Séviac. Il faudrait, bien sûr, vérifier mais il était déjà satisfait et persuadé que le squelette de Séviac était bien celui de Jacques Goniz.

Mais la femme, qui était-elle ? Cléa Molette, Sarah Molly ou Eva Nouilly ? Il lui fallait encore creuser. La vie privée de Jacques Goniz lui fournirait peut-être les renseignements nécessaires.

Mais le cas de Cléa Molette le tracassait et il retourna voir les gendarmes qui lui permirent d'effectuer des recherches. Il retrouva son ancienne adresse et s'y rendit. Avant sa disparition, elle vivait avec ses parents car son petit appartement avait pris feu après un accident culinaire. Les parents de Cléa Molette accueillirent chaleureusement l'homme étrange qui se présentait à leur porte.

« Bonjour, je m'appelle Jean Brouille, j'enquête sur les squelettes disparus de Séviac. Et votre fille pourrait bien être un des squelettes remplacés à Séviac. » Un silence envahit la pièce jusqu'à ce que la mère de Cléa Molette, en sanglots, se décide à répondre à Jean Brouille :

« Cléa était partie deux semaines en championnat et...

Jean Brouille lui coupa la parole :

— Quel genre de championnat ?

— Cléa faisait partie de l'équipe basket de Lectoure ; elle avait été qualifiée pour un championnat à Londres et elle n'est jamais revenue. »

La mère se remit à pleurer. Mais Jean Brouille ne faisait pas attention à ses sanglots, il était perdu dans ses pensées. Si Cléa était qualifiée pour un championnat, elle était peut-être très grande.

« Dernière question Madame, et je vous laisserai. Quelle taille faisait votre fille ?

— Cléa mesurait 1 m 80 environ. Est-ce important pour l'enquête ?

— Oui, merci beaucoup Madame. Votre fille a encore une chance d'être en vie, ne perdez pas espoir ! »

Il partit, sortit son carnet-chapeau et barra le nom de Cléa Molette. Fier d'avancer de plus en plus dans son enquête, il rejoignit sa voiture en sifflotant.

L'enquête porte ses fruits

Pendant ce temps à Séviac, le directeur, inquiet, avait organisé une réunion avec les employés du site. Il leur demanda de ne pas ébruiter l'affaire pour ne pas faire fuir les visiteurs ou attirer des curieux. La saison allait se terminer et il espérait bien que le mystère serait résolu et que les ossements mérovingiens seraient retrouvés et reprendraient leur place.

Jean Brouille ne le tenait pas au courant de l'avancée de son enquête si bien qu'il se posait de nombreuses questions. Il avait bien tenté de lui téléphoner mais notre apprenti-détective oubliait régulièrement son portable et de toute façon ne le consultait pas.

Pourtant un matin, Henri Golpa vit arriver Jean Brouille tout excité et échevelé encadré par deux gendarmes...

« Qu'est-ce qui vous rend aussi joyeux ? demanda le directeur à l'archéologue qui ne tenait plus en place, pressé de donner les résultats de ses recherches.

— Nous avons les noms de trois disparus dont deux pourraient bien correspondre à nos squelettes, répondit-il en ouvrant son carnet-chapeau après avoir fouillé dans toutes ses poches pour le retrouver. Il lut : 16

Le premier est Jacques Goniz, c'est celui dont on est sûr, ensuite j'ai deux noms de femmes et là vous allez peut-être pouvoir m'aider. Ce sont Sarah Molly et Eva Nouilly...

— Vous dites ? s'exclama Henri Golpa en lui coupant la parole, Eva, Eva Nouilly, mais c'est mon ex-femme ! Elle serait morte ? s'écroula-t-il en larmes.

À ce moment-là, Sarah Croche, la guide que Jean Brouille ne connaissait pas encore, arriva comme une furie :

— Mais qui c'est, cet hurluberlu qui vient se mêler de nos affaires ?

— Calmez-vous Sarah, répondit son supérieur, M. Brouille cherche à démêler...

— J'ai entendu le nom d'Eva, coupa-t-elle, qu'est-ce qu'elle a encore fait celle-là ? »

Jean Brouille, étonné de ce comportement agressif, lui donna quelques explications qui la calmèrent, puis, avec les gendarmes, il décida qu'un interrogatoire en règle de tous les employés du site était nécessaire, à commencer par Henri Golpa et Sarah Croche, les deux premiers suspects.

Les interrogatoires

Jean Brouille convoqua donc Henri Golpa à la gendarmerie. Il fut interrogé sur ses activités deux ans auparavant, au moment où Eva Nouilly avait disparu. Henri Golpa était triste. Il dit qu'il n'avait plus eu de nouvelles d'Eva mais vu qu'elle l'avait quitté, il n'était pas étonné. De toute façon, après son départ, il avait perdu la tête et avait agressé violemment un automobiliste ; ce qui lui avait valu trois mois de prison ferme. Cela recoupait ce qu'avait dit Alex Amplère au début de l'enquête ! Les gendarmes comparèrent les dates et conclurent que le directeur du site ne pouvait pas être le coupable.

Ce fut ensuite au tour de Sarah Croche d'être convoquée. Jean Brouille lui demanda pourquoi elle n'aimait pas Eva Nouilly.

« Elle avait pris ma place dans l'équipe. Elle venait d'arriver et parce qu'elle était la femme du directeur, elle était mieux payée que moi ! C'était pas juste !

— Je comprends, dit l'archéologue, mais que faisiez-vous et où étiez-vous il y a deux ans au mois de juin ?

— Ah ! Ça, je peux vous le dire tout de suite, je ne suis pas près d'oublier mon séjour à l'hôpital, trois côtes cassées et une fracture du bassin après une chute dans la piscine des thermes de Séviac ; j'ai trébuché en discutant avec des visiteurs et voilà ! Six mois d'arrêt dont deux à l'hôpital !

Jean Brouille repensa à sa propre chute peu de temps avant et sourit intérieurement.

— Nous vérifierons, dit-il, je vous remercie. »

Effectivement, Sarah Croche avait bien été accidentée ; elle boitait d'ailleurs légèrement. Elle non plus ne pouvait pas être coupable.

Alex Amplère fut aussi convoqué par téléphone mais il était absent de son domicile et ne s'était pas présenté au travail depuis trois jours.

Les gendarmes et l'enquêteur décidèrent de se rendre chez lui.

L'énigme résolue

Après avoir frappé plusieurs fois, les gendarmes forcèrent la porte d'entrée et pénétrèrent avec précaution dans la grande maison où ils se dispersèrent, suivis de près par Jean Brouille. Soudain, un bruit étrange, comme un jappement, se fit entendre. Cela provenait de l'arrière de la maison. Jean Brouille se précipita, bousculant au passage table et chaises qui dégringolèrent avec fracas, ouvrit la porte de la cuisine donnant sur une petite cour et tomba nez à nez sur un chihuahua qui tenait dans sa gueule un os presque plus gros que lui.

Au cri que poussa l'archéologue, les gendarmes accoururent.

Mais de l'autre côté de la maison une porte claqua soudain.

Les trois hommes se regardèrent.

« Suivez le chien, nous allons voir ce que c'est, dit un des gendarmes à Jean Brouille qui ne savait plus où donner de la tête.

Les gendarmes se dirigèrent vers la porte d'entrée et virent au loin un homme chargé d'une valise qui s'enfuyait. Sans prévenir Jean Brouille, ils partirent à sa poursuite.

L'archéologue, lui, après avoir caressé le chien qui ne voulait pas lâcher son os, décida de voir où il allait le mener. Le petit animal se dirigea vers ne sorte de cagibi fermé à clé mais une chatière pratiquée au bas de la porte lui permit d'y entrer. Jean Brouille cassa un carreau et réussit à pénétrer dans la pièce encombrée d'outils divers pour les fouilles, de vieux livres poussiéreux et de boîtes de différentes tailles, étiquetées et rangées sur des étagères. Le petit chien, cependant, s'acharnait derrière un vieux coffre en grognant. Jean Brouille déplaça l'objet, non sans faire tomber plusieurs bocaux au contenu étrange et aperçut un trou dans lequel l'animal cherchait à entrer.

Un énorme cadenas fermait le coffre sur lequel une étiquette mentionnait : « période mérovingienne ». Il voulut passer sa main par le trou mais le chihuahua, qui gardait son trésor, le mordit férocement jusqu'à l'os.

Jean Brouille réussit à attraper la bête et la remit dans la cour en bloquant la chatière et en ignorant ses aboiements furieux.

Malgré la douleur, Jean Brouille sortit du coffre quelques fragments d'os. Il comprit qu'il avait découvert le « pot aux roses ». Il fallait s'en assurer et retrouver Alex Amplère à l'origine de la substitution et probablement des deux meurtres.

Justement, les gendarmes revenaient, tenant fermement Alex Amplère menotté. Jean Brouille leur fit part de sa découverte dans le cagibi. Questionné, l'individu finit par avouer en marmonnant :

« Eva et moi étions faits l'un pour l'autre ! Mais ce Jacques Goniz a voulu me l'enlever, tant pis pour lui !

— Pourquoi avoir tué Eva, alors ?

— Elle aurait dû prendre ma défense lors de ma dispute avec ce Goniz ! Elle voulait vivre avec lui, elle est morte avec lui ! »

Alex Amplère fut emmené et mis en prison en attendant son procès. Son chihuahua trouva une nouvelle maîtresse en Sandy Quileau, la gardienne de Séviac.

Jean Brouille avait réussi à débrouiller cette affaire ; il fut remercié par les gendarmes mais aussi par Henri Golpa et les employés du site. Mais il lui restait une tâche à accomplir, plus dans ses cordes : reconstituer un puzzle, celui des deux squelettes dont les ossements avaient été mélangés et entassés dans le coffre. Un travail minutieux et de longue haleine pour un archéologue passionné et débrouillard comme Jean Brouille.

Les auteurs :

Holanka Stevens Laborde Gaël
Lacroutz Benjamin Laffitte-Faure Gaspard
Lalanne Sarah Lafforgue Héloïs
Lafforgue Manon Lafforgue Mathis
Leclerc Thibaut Ligardes Léa
Maris Rebecca Marteau Emma
Martin Fanny Martinez Aimée
Martins Gaël Mas Damien
Mas Bastien Masselin Pierre

sous la direction de Madame Evelyne Larré-Poujol, professeur de français.

L'héritage de tante Agathe

Eva Sanchez

Ma tante Agathe avait pris sa retraite il y a quelques années déjà et s'était installée dans une immense maison bourgeoise dans le Gers.

Elle est décédée il y a deux mois... Je la voyais régulièrement et passais toutes mes vacances chez elle. Elle avait ce petit sourire malicieux et ces mots qui savaient me réconforter quand j'étais triste... Elle cuisinait divinement bien des gâteaux qu'elle appelait « les pâtisseries d'Agathe ». J'avais de très bons souvenirs des moments passés avec elle. Ma sœur, Faustine, l'appréciait moins, pour une raison qui m'était inconnue, elle la trouvait même « méchante ». Je n'étais pas retournée chez elle depuis son décès, il me fallait un peu de temps pour faire mon deuil. Faustine, étonnamment, avait été plus courageuse et était même allée plusieurs fois chez notre tante pour entretenir la propriété, elle avait donc un double des clés. Outre le deuil, je ne pouvais pas aider ma sœur car j'étais très occupée par mon métier de comptable.

J'avais pris la route ce matin avec ma sœur Faustine et mon père et nous venions d'arriver à Lectoure...

Nous arrivons enfin dans l'artère principale, la rue Nationale. Je regarde par la fenêtre, un peu rêveuse et nostalgique.

"À droiiiiiiiiiiite ! Mais viiiiiiiiiite ! Touuuuuuuurne ! hurle ma sœur à mon père qui conduit.
 -Mais non, je sais où c'est, voyons...
 -Mais c'est là, touuuurne !!! "

Je soupire. Ils n'arrêtent pas de se chamailler depuis tout à l'heure...
 Finalement, après avoir demandé le chemin à une passante, nous descendons la rue étroite de Montebello puis tournons à droite, dans la rue Soulès. Nous arrivons devant une bâtisse magnifique, faite de murs en pierres. Faustine et moi décidons d'aller nous promener tandis que mon père va garer la voiture en contrebas.

Nous remontons la rue et nous nous baladons dans la ville. Bien qu'il soit dix-huit heures passées, il fait encore chaud. Les gens que nous croisons et que nous ne connaissons pourtant pas, nous disent bonjour en souriant. Nous nous engageons dans l'allée de Montmorency et remontons le Bastion, qui offre une vue splendide sur le paysage vallonné... Des champs à perte de vue... Je soupire. C'est magnifique...

Nous rentrons un peu plus tard. En arrivant dans la propriété de ma tante, je me sens d'abord un peu mal. J'ai la gorge nouée, les larmes aux yeux. Je ne reverrai plus jamais ma tante...

Je regarde ma sœur aînée, elle semble très détendue et n'a pas du tout l'air triste. Je m'habitue finalement à cette atmosphère pesante. Je pénètre dans la cuisine où je laisse courir mon imagination. Je vois alors ma tante, bien vivante, avec son tablier bleu, en train de cuisiner des chouquettes, ou bien ses fameuses « pâtisseries d'Agathe »... J'ai presque l'impression de pouvoir sentir la bonne odeur des gâteaux tout chauds qui sortent du four...

Mon père m'arrache à ma rêverie :

"Salomé ? Où es-tu ?

-Dans la cuisine, papa.

-J'arrive ! Agathe, comme tu sais, voulait te léguer des bijoux de famille et d'autres objets de valeur. Tu devrais peut-être aller les chercher.

-Mmm... - je n'ai pas très envie de récupérer des choses qui me font penser à ma tante - Oui, papa.

-Le coffret à bijoux est dans la salle de bains."

À contrecœur, je me dirige vers les escaliers et monte une à une les marches grinçantes. Je me souviens des moindres recoins de cette maison. Je vais donc sans hésiter vers la première porte à gauche, qui mène à la salle d'eau. J'abaisse la poignée en laiton puis entre. Je fouille les meubles à la recherche du coffret, en vain. J'en informe mon père, qui me répond, dans son infime gentillesse, que je ne sais pas chercher. Il vient donc m'aider, mais ne le trouve pas non plus. Bizarre... Papa me conseille d'aller dans le bureau avec ma sœur car il y a un coffre-fort. Nous entrons dans la pièce, et nous dirigeons vers lui.

« Zut... J'ai oublié de demander le code à papa.
- Pas la peine, je le connais. »

Je suis intriguée et un peu jalouse. Comment connaît-elle le code ? Pourquoi je ne le connais pas, moi ? Elle compose le code : 1990. C'est mon année de naissance ! Tante Agathe m'aimait beaucoup... J'ouvre le coffre. Il est vide. Vraiment étrange... Nous redescendons et informons notre père de la découverte que nous venons de faire. Il nous propose de rester tout le week-end pour approfondir nos recherches. Nous acceptons.

Passer le week-end dans la maison de ma défunte tante ne me rassure pas vraiment. De plus, le coffre-fort vide et le coffret disparu m'effrayent un peu. Mais je ne dis rien. Faustine est partante pour rester et j'ai peu souvent l'occasion de passer du temps avec elle. Nous faisons donc nos lits à l'étage et je décide de dormir dans la même chambre que ma sœur. Je vais chercher la radio au grenier pour me tenir au courant des informations.

Je prends une échelle et la positionne face à la trappe qui mène aux combles. Je monte prudemment les barreaux, un à un, car ce n'est pas très stable. Je pousse la trappe avec ma main pour l'ouvrir mais elle ne cède pas. Je persévère, en forçant un peu plus, mais rien ne se passe... C'est fermé. Le coffret disparu, le coffre-fort vidé, le grenier fermé à clef... Je décide d'en rester là pour le moment.

Faustine et moi prenons l'initiative d'aller acheter un rôti chez le boucher. Nous dressons la table dehors. La statue d'une femme portant une cruche d'eau semble me fixer. Dormir ici me fait froid dans le dos, mais j'ai hâte de découvrir ce qui se cache derrière le mystère de la maison de tante Agathe. Pendant le dîner, nous nous disons que nous devrions passer plus de temps ensemble. On se le dit souvent, mais les activités de chacun ne le permettent pas. Nous allons prendre le dessert dans la salle à manger, car les moustiques se font trop nombreux.

Je papote ensuite avec ma sœur en faisant la vaisselle tandis que papa va au salon. Il revient quelques minutes plus tard, penaud, et nous informe que l'antenne est cassée et que, par conséquent, la télévision ne fonctionne pas. Nous décidons donc de faire une partie de Scrabble, qui s'avère interminable. Puis, Faustine et moi allons nous coucher et papotons dans nos lits respectifs.

Le lendemain, je me lève aux alentours de sept heures trente pour enquêter discrètement. Je vais dans la salle de bains et l'inspecte minutieusement à la recherche d'indices : une empreinte, un cheveu... Quelque chose qui me mettrait sur une piste. Malheureusement, mes recherches n'aboutissent à rien.

Une idée me traverse l'esprit. Et si des voleurs se cachaient au grenier ? Mon sang ne fait qu'un tour. Je vais chercher la clef du grenier, l'insère dans la serrure puis tourne la clé. Je décide de compter jusqu'à trois. UN. Et s'ils étaient armés ? DEUX. Le décompte semble durer une éternité. TROIS. BLAM ! Je donne un grand coup dans la trappe qui cède. Je passe la tête dans les combles. Personne. Me serais-je trompée ? Mais alors, qui est à l'origine de ces disparitions ?

Plus tard dans la matinée, Faustine propose d'aller visiter la ville. Nous l'accompagnons. Nous nous dirigeons tranquillement vers la basilique gothique. Je la trouve vraiment impressionnante. Elle mesure au moins quarante mètres de haut. Le portail comporte quatre arceaux à nervures prismatiques, qui reposent sur de petites colonnes. Plus haut, j'admire un vitrail rond quadrifolié. Nous nous promenons tout le reste de la matinée, puis rentrons quand le soleil tape trop fort. Mon père va faire quelques courses pour le déjeuner et Faustine va se doucher. Elle laisse son téléphone allumé.

Prise d'une envie indiscrète, je vais regarder ses photos. Je vois quelques clichés d'elle avec ses amis, puis des « selfies ». Je m'arrête sur l'une d'elles, intriguée. Sur cette photo, elle porte une magnifique parure en argent. Sur les suivantes, prises le même jour, avec les mêmes vêtements, il n'y a qu'une chose qui change : la parure. Toutes ces parures sont en or ou en argent, ou avec des pierres précieuses. Elles ressemblent étrangement à celles de ma tante. Je reviens sur une photo où Faustine est chez elle, avec des amis. Je zoome sur le meuble en ébène, sur lequel est posée une pendule ancienne. Exactement la même que celle qu'avait tante Agathe. Celle qu'elle m'a laissée en héritage... J'envoie ces photos sur mon téléphone puis efface la preuve.

« Qu'est-ce que tu fais ? T'es sur mon téléphone ? Non mais t'es pas gênée toi ! - c'est Faustine qui parle et quand elle voit que je suis sur ses images, elle pâlit - Tu... Tu as vu mes photos ? »

Je commence à comprendre...

« Oui, Faustine, je les ai vues.

- Tu... Tu as compris, j'imagine ?

- Oui... Pourquoi as-tu fait ça ? Tu as reçu un héritage, pourtant.

- Tu sais ce que j'ai reçu ? crie-t-elle. Tu sais ? Hein, tu sais au moins ce que j'ai reçu ?

- N... Non... je suis totalement abasourdie.

– Une babiole, c'est tout ce que j'ai eu. Un pauvre lot de tasses à café ! Des tasses ! Tu entends ? Des tasses ! Alors que toi, tu as eu des magnifiques parures en argent. De toute façon, dit-elle après une pause, elle ne m'a jamais aimé, - elle se déchaîne -, moi, je suis le vilain petit canard. Je suis l'aînée, le brouillon. Toi, tu es parfaite, tu es adorable. Tu es la fille qu'elle aurait rêvé avoir ! Alors, oui, c'est vrai; quand j'ai vu tout ce que tu as eu, j'ai cru halluciner. Tu n'as jamais rien eu à faire pour qu'elle t'aime. Moi, j'ai fait tout ce que j'ai pu. Tout. Quand je me décarcassais pour lui offrir un beau cadeau, tu lui offrais un collier de pâtes minable, et elle le préférait. »

Je suis profondément choquée. Non, je n'avais pas particulièrement remarqué que tante Agathe me préférait. Je ne comprends pas la conduite de Faustine. Comment a-t-elle pu en arriver là ? Elle aurait tout de même pu m'en parler.

Faustine s'assoit sur le canapé, le regard dans le vide.

Elle est un peu pâle. Elle commence à bredouiller quelques mots, se confond en excuses :

« Je... Je ne... enfin... Oh Salomé ! Comment ai-je fait pour en arriver là ? La jalousie, sans doute. Tu es la cadette, la petite dernière, toujours adorable et polie. Je ne sais pas ce qui m'a pris... Quand j'ai vu ton héritage, j'ai trouvé ça injuste. Alors quand je me suis retrouvée seule dans la maison de notre tante, je n'ai pas pu résister... – elle s'arrête, les larmes aux yeux — Ils sont chez moi, les bijoux. Je te les renverrai dès que possible, je te le promets. Oh Salomé ! Peux-tu me pardonner ? »

Je la serre fort dans mes bras. Quelques minutes plus tard, je murmure « Oui, je te pardonne. »

Quelques semaines après...

Le jour se lève à Agen, ma ville natale. Je me lève tranquillement. Soudain, on sonne à la porte. J'enfile une robe de chambre puis vais ouvrir. C'est Faustine. Elle tient dans ses bras un énorme carton. Je la fais entrer et elle pose la boîte sur la table de la salle à manger. Elle me demande de regarder ce qu'il y a à l'intérieur. Je m'exécute. Je vois alors de magnifiques parures ainsi que quelques objets de valeur. J'embrasse ma sœur. Je prends au hasard un collier. Il s'agit d'une chaîne, sur laquelle est accroché un pendentif porte-photos. Je l'ouvre et découvre une image de ma tantine et ses deux nièces. Nous y sommes en train de poser devant les « pâtisseries d'Agathe » et ma tante affiche son petit sourire malicieux...

Octobre noir

Patrick Caujolle

C'est à Lectoure que ça s'est passé. Maintenant que je suis âgé, l'année exacte, je ne m'en souviens plus. Le mois, par contre, oui ! Octobre ! C'était octobre et c'était un samedi.

Vers 9 h 30, quand je suis arrivé, la rue centrale foisonnait de primeurs, de producteurs d'armagnac, de commerçants multiples et variés, et la halle centrale s'apprêtait à recevoir un salon du livre orienté polar. C'était d'ailleurs un peu pour ça que j'étais là. Certes, vous ne me connaissez pas, mais à l'époque, j'écrivais des romans policiers. Que voulez-vous, écrire, je n'ai jamais su faire que ça, et encore.

Mon véhicule garé sur le tour de ville, c'est donc vers la halle centrale, haut lieu de tout ce que le milieu du polar comptait alors d'auteurs estampillés comme tels, que je me suis dirigé. Affiches, toile de tente pour le repas, café d'accueil et sourire des bénévoles, tout avait comme d'habitude été finalisé au mieux par les organisateurs et le libraire toulousain René Sans.

Lorsque je me suis assis à ma place, le calme était olympien. La ruche ne bourdonnait pas encore de tout ce que le canton comptait comme amateurs de sensations fortes, et chaque auteur, café en main, échangeait avec ses coreligionnaires les derniers potins liés à leurs ouvrages ou au monde de l'édition.

C'est vers 9 h 55 que ça s'est passé. Certes, je m'étais bien sûr aperçu que la place dévolue à mon voisin de droite Pierre Vidal était toujours libre, mais celui-ci habitant les environs de Béziers, il m'avait semblé évident qu'un tracas de circulation pouvait en être la cause.

C'est un SMS, reçu sur le téléphone de René Sans, qui jeta inquiétude et incompréhension au sein de notre microcosme. « Pierre Vidal a été enlevé » se mit à hurler le libraire. Regardez, lisez son message :

- *Suis à Lectoure. Deux hommes me séquestrent. Il ne s'agit pas d'argent mais de revendications politiques. Ils veulent que dans une heure, un temps de parole leur soit donné sur une grande chaîne de télévision. Faute de quoi, ils m'exécuteront. Surtout, ne prévenez personne avant une heure.*

Instinctivement, je vous avouerai que beaucoup d'entre nous, moi le premier d'ailleurs, ont d'abord cru à une blague. Nous savions tous qu'en tant qu'ancien capitaine de gendarmerie, Vidal n'avait certes pas été nourri aux seins de l'espièglerie et de la taquinerie réunis, mais le taux de séquestrations étant relativement faible dans le Gers, nous pensions qu'à l'occasion d'un anniversaire, de la remise d'un prix ou autre, blague avait pu lui être faite par de joyeux lurons de sa connaissance.

Pour autant, la première chose que nous avons faite fut d'essayer de le rappeler. En vain ! Sa messagerie toujours actionnée, plusieurs d'entre nous se sont alors rendus à l'hôtel où il devait loger. Ah oui ! Que je vous dise quand même. Moi, j'étais alors un jeune retraité de l'enseignement. Mais à l'époque, il y avait dans ces salons du polar, toute de tripotée d'anciens flics de tous bords et de tous grades qui avaient trouvé là moyen de prolonger leurs carrières par écrits interposés. Police Judiciaire, Renseignements Généraux, Polices Urbaines, l'éventail de la Grande Maison se montrait ainsi souvent au complet. À Lectoure, il y avait même un ancien de la DST. On le reconnaissait d'ailleurs facilement : il écoutait beaucoup et parlait peu.

- Pierre Vidal, nous dit sa logeuse ? Mais bien sûr qu'il est arrivé. Regardez, il a laissé sa valise dans sa chambre et sa voiture au parking.

La première visitée, c'est en compagnie de deux anciens « poulets » que nous sommes dirigés vers son véhicule. Sur place, pas besoin de se parler, nos regards suffirent. La voiture était bien là, mais la vitre conducteur était béante, laissant tout autant s'infiltrer la petite pluie automnale que nos doutes les plus acérés.

C'est là qu'on a commencé à réfléchir et à penser que la quiétude du Gers n'était malheureusement pas à l'abri d'un fou furieux en quête de reconnaissance médiatique. Et si la revendication des individus était tangible, il nous restait maintenant un peu moins d'une heure. Quarante-cinq minutes en tout et pour tout à nous organiser, à réfléchir, à œuvrer pour retrouver Vidal.

De retour à la halle, c'est une réunion qui s'est aussitôt tenue sous l'égide d'un ancien patron du 36. Il avait raison. Mieux valait perdre cinq à dix minutes à envisager diverses éventualités et à échafauder divers axes d'intervention plutôt que de courir en tous sens de façon stérile.

Un fonctionnaire encore en activité avait déjà pris les devants. Il avait appelé la permanence d'Orange pour tenter de connaître « en off » la borne d'émission du portable du disparu. Dix minutes, lui avait répondu son correspondant.

En attendant, nous n'avions pas le choix. Même si cela était risqué compte tenu des exigences des ravisseurs, il nous fallait bien, même de façon non officielle, contacter un gendarme local. Plus que des gars de la PJ ou de la DGSI, ce sont eux, avec le maire, qui après tout connaissent au mieux le secteur et tous les fêlés potentiels susceptibles de s'y trouver. Pour ça, c'est un ancien gendarme qui fut chargé de faire le lien.

De plus, une question se posait. St tant est que Vidal avait été enlevé à des fins politiques, encore fallait-il savoir si c'était lui qui avait été spécifiquement visé ou s'il n'avait été qu'une cible comme une autre au sein des auteurs logés dans le même hôtel.

On sait qu'il a fait un polar sur les milieux islamistes, disait l'un. Il en a fait un autre en lien avec la pollution et le milieu écolo, disait un autre. Trente-cinq minutes de passées et toutes les hypothèses, du fan décérébré à l'islamiste radical en passant même par une affaire de secte ou de fesses, furent tour à tour envisagées lorsque le téléphone de notre collègue sonna. « Lectoure centre ville », venait de lui confier son correspondant d'Orange. C'est de là qu'il a appelé.

Et c'est là que les neurones de tous les poulets sur place se sont activés :

- S'ils ne nous ont donnés qu'une heure, affirma l'un d'eux, c'est peut-être parce qu'ils n'ont pas de planque dans la commune. À tous les coups, ils sont venus d'ailleurs et ils le gardent en otage dans une voiture ou dans un lieu quelconque. Facile, avec un calibre, de maintenir quelqu'un à ses côtés.

- Alors, qu'est ce qu'on fait ? demanda René Sans. On bouge ou quoi ?

- Oui, on bouge. On quadrille la ville et on « chouffe ». La moindre voiture suspecte, le moindre visage qui ne correspond pas à l'Homo Lectorus de base, on s'en approche et on analyse.

Je m'en souviens encore. Comme un mauvais présage, moi et un autre, c'est vers la tour du Bourreau que nous nous sommes dirigés. Tout en marchant, nous dévisagions les gens, regardions les voitures, inspections les cafés. Rien. Historiquement, le bourreau appliquait « la question ». Sonnant chez lui, c'est nous qui en avons posé à un couple d'anglais aujourd'hui propriétaire des murs. Je ne suis pas sûr qu'ils aient véritablement compris le sens de notre venue. Mais à voir leur air ahuri, nous avons vite compris que les pauvres n'y étaient pour rien.

Au même moment, d'autres se retrouvaient à la cathédrale Saint-Gervais-Saint-Protais. Quelques minutes pour faire le tour du lieu, quelques secondes pour prier le dieu des flics nommé Tonton, et ceux-ci nous retrouvèrent rue Nationale, eux aussi sans le moindre élément tangible.

Par portable interposé, nous savions que d'autres étaient au jardin des Marronniers, d'autres au musée et d'autres encore à l'ancien hôpital

Les cerveaux foisonnaient d'idées. On a pensé à une anicroche avec des pèlerins de Compostelle, envisagé un souci avec une autre association jalouse du succès du salon, voire aux suites d'un envoûtement. Pour tout vous dire, on a même pensé à un automobiliste irascible et haineux, horripilé de voir la maréchaussée le ponctionner par radars interposés les quelques sous qui lui restaient en fin de mois. Mais pour autant, rien ne se justifiait véritablement.

Sachant Vidal quelque peu musicien, nous avons même poussé jusqu'à la maison du clarinettiste, là où un ancien artiste avait peint en façade l'instrument que sa voisine ne pouvait précisément plus voir en peinture. Mais rien, personne ne trouvait rien, et ce n'était pas les renseignements recueillis par notre ami gendarme auprès de ses collègues qui nous en apprit davantage. La politique locale ne recélait pas d'écorchés vifs, les conflits entre catholiques et protestants s'étaient élimés, et le séparatisme gascon ne volait qu'autour de quelques « calendrètes » et de quelques chants traditionnels. Non, décidément, Lectoure était calme, et mis à part quelques vols divers et quelques conflits familiaux, aucun extrémiste ni aucun dérangé notable ne paraissait capable d'une séquestration. Comme je le disais tout à l'heure, nous avions même pensé à un écart de conduite de notre ami. C'était bien arrivé à d'autres. Mais pour le connaître, on savait que Vidal était davantage le genre de type à prendre une sole, un verre d'eau et à lire la gazette des antiquaires qu'à se fourvoyer dans une quelconque histoire de cornecul. Non, si le lézard est prêt à sacrifier sa queue pour sauver sa vie, on imaginait mal notre collègue risquer l'une ou l'autre pour une amourette bas de gamme.

On a aussi cherché des témoins. Vous savez, ils les aiment les témoins dans la Police. Mais en ce samedi fourmillant de monde, de bruits et de couleurs, en ces rues où l'Histoire s'est toujours mieux ancrée que les histoires, tout passait forcément plus inaperçu qu'un jour de semaine.

C'est fort un flic quand ça sait. Mais comme une plante, quand c'est sec, c'est flétri, désespérément flétri, surtout quand le temps passe et que l'heure fatidique approche. Dix minutes, il ne restait que dix minutes quand nous nous sommes retrouvés sous la halle, pétris d'inquiétude et d'humiliation devant l'évidence de notre revers, un peu comme si le temps avait échoué à cause de nous. Alors que dehors, sous sa tente et sans la moindre suspicion, le traiteur continuait de perpétrer pour midi son génocide de canards gras, nous, réunis autour de l'ancien patron du 36, faisions le point. Chacun s'exprimait, se justifiait, extrapolait, quand à côté, tel un scribe consciencieux, le libraire René Sans notait les démarches faites et les idées de tous les auteurs. Pour autant, nous ne sculptions que le brouillard dans lequel nous nous trouvions. L'heure était quasiment passée et nous n'avions pas progressé d'un iota. Et maintenant, il nous fallait officiellement prévenir tout le monde. Nous le savions : les gendarmes, la Police Judiciaire, la presse, tout le monde allait bientôt défiler à Lectoure Et ça allait être les auditions, les enquêtes de voisinage et les analyses des ectoplasmes blanchâtres des gens de l'Identité Judiciaire. Belle pub pensait-on pour le salon, mais pas forcément celle à laquelle avaient pensé les organisateurs.

C'est quand les onze coups ont retenti à la cathédrale que l'on a compris que tout avait été planifié. En un instant, tout le monde s'est tu, pétrifié d'effarement et de confusion. Devant nous, montant les quelques marches d'accès à la halle, arrivait, certes un peu raide mais souriant, notre ami Pierre Vidal, accompagné de l'un des employés de René Sans. Si vous aviez vu tous ces auteurs, tous ces anciens flics !

Pour une fois, c'était eux qui étaient interpellés. Soudain, Pierre Vidal a levé les bras et s'est exprimé :

- Honte. Bien sûr que j'ai honte de vous avoir joué ce tour. Et mon ami René Sans aussi. Mais il était là pour que tout cela n'aille pas trop loin. Je vous ai fait peur, je sais. Je vous ai manqué, je sais. Que voulez-vous, un seul être vous manque et tout est dépeuplé. Lectoure ! Lecture ! Que voulez-vous, une seule lettre vous manque et tout est dépeuplé. Et moi, on m'avait demandé d'écrire une nouvelle pour laquelle, je l'avoue, je ne savais pas quoi dire. Alors, j'ai eu cette idée. Certes, l'apéro est pour moi, mais c'est grâce à vous, grâce à vos idées et à tout ce qu'a noté notre ami libraire que je vais enfin pouvoir écrire mon texte. Merci à vous. Vous m'avez nourri, je vous offre à boire, juste retour des choses, non ? Comme quoi pour écrire, par horreur du blanc, un auteur est prêt aux pires stratagèmes. Étonnant non !

Patrick Caujolle

Ludo le clodo

Pascal Thiriet

Ludo le clodo ne s'appelait pas vraiment comme ça, mais personne à Ecritoure ne le savait. D'ailleurs personne ne se demandait comment il s'appelait vraiment. Pas que les Ecritourains aient été spécialement indifférents mais enfin cela faisait un an et un automne que le routard efflanqué avait posé son sac devant la cathédrale et on n'y faisait plus très attention.

Au début, Pierre le municipal avait fait les gros yeux, mais Pierre avait bon cœur et puis la vraie passion de Pierre c'était l'armagnac pas la chasse aux SDF.

Le premier automne les chasseurs avaient signé une pétition rapport au chien de Ludo : un dogue de Bordeaux a l'air bonasse mais un dogue de Bordeaux quand même. Ils avaient peur que le bichon de soixante kilos leur croque leurs faisans polonais. Comme la pétition ne comptait que vingt signatures et qu'elle portait en bas à droite une grosse tache de vin sombre et rouge en guise de sceau, le maire l'avait rangée dans son tiroir à pétition et oubliée.

L'archiprêtre de la cathédrale avait clos toute discussion. Dans son sermon du premier Dimanche après les

vendanges il avait clairement approuvé qu'un pauvre et son chien se tiennent humbles et propres sur le parvis de son église. Il parla de charité et cita le pape François qui venait d'être assassiné par des banquiers luxembourgeois, mais, la vérité, c'est qu'il trouvait qu'un mendiant a la porte de son église du XVe, c'était classe.
Les chasseurs étaient tous baptisés, Ludo et Dieudonné furent déclarés personna grata à Ecritoure et une année passa.

Ludo buvait du rouge et aimait le chocolat, on apprécia. Quand il apparut que le clodo et son chien défendaient leur territoire et chassait très fermement les réfugiés de tout poil que la politique toute en finesse de W Bush et de ses potes Nicolas et Tony avait jeté sur la mer, tout Ecritoure applaudit. La Mairie permit officiellement à Ludo d'occuper une écurie délabrée près du marché. Il n'y avait ni eau, ni sanitaire ni électricité mais les murs extérieurs et le toit avait été refait. Le bâtiment, du XVIe siècle, était classé. La municipalité fit apposer à droite de la belle porte d'entrée voûtée une plaque avec marqué dessus : office du logement social de Lectoure. (OLSL) et le Maire obtint du département et de la région une subvention qui permit de refaire entièrement la salle des mariages. Le montage financier lui valut une certaine notoriété chez les Maires de petites villes et plusieurs communes de Corse du Nord envoyèrent des missions d'Étude à Ecritoure.

Un été passa. Les vendanges furent bonnes et les touristes européens nombreux. Le salon du Polar qui marquait le début de l'arrière-saison s'avérera une totale réussite. Il est vrai que les organisateurs avaient mis toutes les chances de leur côté en invitant les deux derniers Marxiste Léniniste de France : un Toulousain chenu et un Sétois encore très fringant ainsi qu'un jeune et sympathique auteur qui mangeait des globes oculaires pour faire rire les enfants.

On s'installait dans l'hiver en regardant la file des derniers pèlerins en route vers Compostelle s'étirer entre l'hôtel Des Mousquetaires (quatre polochons) et La table de Sœur Murielle (trois étoiles, mais c'est elle qui le disait).

Un soir que Cécile essayait de mettre dehors de son bar les quatre membres du Club des Tricoteuses de Saint Jeanne, un mardi donc, Dieudonné, le chien de Ludo avait poussé la porte et s'était couché en travers.

Toutes les femmes présentes connaissaient Dieudonné. Elles le connaissaient et l'appréciaient. Une fois, le dogue avait égorgé un petit chien anglais qui lorgnait un cou de canard que le gros chien était sur le point de se farcir. La briton avait fait toute une histoire ! Bernadette, la brue du cousin du maire, était intervenue. Pour calmer l'insulaire en goguette on avait fait euthanasier par une vétérinaire foraine le barouge d'un communicant parisien qui l'avait laissé à l'arrière de son Porche Caillenne. La briton se déclara satisfaite et partit avec toute une gamme de chocolats et une bouteille d'Armagnac.

Tout cela était bien beau mais, tout de même, personne n'avait envie de déranger ou même d'enjamber Dieudonné. Le molosse ne faisait pas mine de céder quelque passage que ce soit à qui que ce soit.

Qu'il soit sans son maître c'était exceptionnel et pour tout dire assez inquiétant. Cécile lui proposa un bout de gras de canard qu'il flaira par politesse mais il détourna sa truffe. Personne n'osait bouger. Cécile connaissait la vie du chien. Comment il avait été recueilli jeune par Ludo qui lui avait donné son nom. Comme tout le monde elle avait cru que c'était parce qu'il était noir et qu'il faisait peur mais le clodo l'avait détrompé. Dieudonné était un mathématicien français célébrissime, un des fondateurs du groupe Bourbaki. Ca l'avait étonné Cécile qu'un trimard s'intéresse aux maths mais elle n'avait pas trop fouillé. Tenir un bistrot dans un village de cinq mille habitants c'était comme traverser un champ de mine les yeux bandés, une affaire très diplomatique. Elle servait Ludo quand le café était désert mais elle ne tenait pas trop à fraterniser même si à lui seul il laissait plus d'euros que toutes les tricoteuses réunies.

Bernadette se gratta le chignon avec son aiguille et posa la bonne question :
– Mais il est où le clodo ?
Bénédicte qui se nettoyait l'oreille avec son crochet la reprit un peu sèchement
– Tu demandes au chien ? Tu crois qu'il va te réponde ?
Brigitte et Sophie qui n'aimait pas trop que les deux autres ne s'aiment pas intervinrent genre Canadairs en Corse.
- C'est vrai que c'est pas normal qu'il soit pas là, dit Brigitte
- Après tout, Saint François d'Assise parlait aux loups et aux moineaux, balbutia Sophie.

Sophie n'avait jamais osé avouer qu'il lui arrivait d'ouvrir sa salle de bains, sa table et ses jambes (dans cet ordre) au routard. Elle l'appelait son mendiant et lui glissait au matin un petit billet. Ludo était trop fin pour parler à quiconque de ces faveurs. La voix de Sophie trahissait son inquiétude mais les autres femmes ne l'écoutaient jamais trop et personne ne fit de remarque.

Finalement le gros chien noir se leva, s'étira et goba le bout de gras qui était resté tout ce temps devant sa truffe. Cécile coupa le courant de l'enseigne et éteignit le percolateur, les tricoteuses la saluèrent et se dispersèrent. Bernadette, Brigitte et Bénédicte vers leurs voitures et Sophie à pied. Elle habitait seule une jolie maison en contrebas du village.

Dieudonné était là, assis devant sa porte. Elle ne ressentit ni peur, ni étonnement, elle pressa un peu le pas. En voyant que la lumière du salon était allumée elle hésita mais le chien était rentré avec elle et elle poussa la porte. Ludo était assis sur le canapé, il se leva pour l'embrasser. Il sentait, Terra, le parfum qu'elle lui avait offert à Noël et portait une chemise Barbour en laine épaisse et un pantalon en tissu high teck comme en mettent les habitants de Neuilly pour aller à la messe à Boulogne. Il ne s'était pas rasé mais avait taillé sa barbe genre hypster. Sophie était émue et intimidée tout à la fois et restait debout un peu chancelante, pas très sûre de ne pas s'évanouir devant Ludo plus du tout clodo.

Il lui prit doucement la main et la fit asseoir sur le fauteuil en face du canapé. Il garda la main un peu tremblante dans la sienne et commença.

– Sophie. Hospitalière Sophie. Je vous dois des explications et sans doute des excuses. Je ne suis pas celui que je prétendais être ces derniers temps.

Ça Sophie l'avait compris mais elle connaissait les hommes et prit l'air un peu quiche qu'elle pensait être de circonstance. Elle fit :

– Ah ?

Ludo pressa un peu plus fort la main toute chaude et repris.

– Je travaille pour les services secrets. Depuis un an et demi je surveille votre compatriote Marcel Graton.

– Le Charcutier ?

– Oui, le soi-disant charcutier. En réalité sa marchandise vient de Hollande et il incinère la viande de porc qu'il achète très publiquement aux producteurs locaux

Sophie n'y tint plus.

– Ah le traître ! Il a le label Développement-Bio-Equitable-Durable ! Ah l'immonde ! Du porc hollandais ! Mais enfin...

Ludo endigua la belle indignée. Il baissa le ton :

– Marcel est juif.

– Marcel ? Mais il est le parrain d'un des petits Laval, Pierre, le septième je crois. Il organise des pique-niques à Lourdes... Voyons c'est impossible. C'est mon oncle le père Pascal qui l'a baptisé. Si on est baptisé on ne peut pas être juif, on est catholique, voyons !

Ludo baissa les yeux et siffla, lapidaire.

– Ils sont rusés.

Il continua en lâchant la main de Sophie

– Marcel est un officier traitant du Maussade, les services secrets israéliens. À cause du tourisme et du Chemin de Composte, Ecritoure est une plaque tournante où toute l'Europe défile. Un lieu idéal pour diriger un réseau.

Sophie n'aimait pas trop qu'il lui ait lâché la main. Elle lui donna une petite tape et un peu sèchement l'interrompit

– TEL. Pas "Composte", Compostelle.

Ludo n'aimait pas du tout qu'une femme l'interrompe mais il avait besoin d'elle et posa sa main sur le kilt de son interlocutrice. Il n'avait pas eu le temps de se manucurer vraiment et ses doigts tachés faisaient un effet étrange sur le tartan Mac O'Brandad, surtout à côté de la fibule en or qui le maintenait fermé. Pour reprendre l'ascendant sur la femme insolente et cacher ses ongles douteux, il glissa les doigts dans l'ouverture du kilt.

– Tel ou pas tel. Il faut que vous m'aidiez, Sophie. Marcel doit recevoir les responsables Europe du Maussade. J'ai besoin que vous me prêtiez le tracteur de votre fermier Marc Antoine et une charrette. Il faudrait aussi que vous fassiez aplanir à la herse le champ au carrefour de la N12. Et enfin que vous commandiez qu'on creuse une fosse derrière le petit bois des Corbeaux.

Sophie aurait pu s'étonner que Ludo connaisse si bien ses propriétés, elle aurait sans doute dû se froisser du ton autoritaire du secret agent mais Sophie était Sophie. Ses parents, deux libraires tolérants et libertaires, l'avaient vite dégoûté d'être libre et elle ne rêvait en cachette que de servitude. Elle avait lu Margaret Rice à dix ans et Pauline Réage à quatorze. Pour ses seize ans elle avait fugué et elle était partie avec son copain Don Sauveur. Ils avaient revendu un exemplaire rare des mémoires de Bakounine sur eBay et étaient partis pour Marseille. Le premier jour, elle avait acheté un niqab sur le marché des Aubiers et avait visité la ville, en marchant deux mètres derrière son ami comme il convient. Elle chancelait d'émotion, moite de plaisir un gros sac à l'épaule. Le père de Don Sauveur était Corse, il avait le teint bistre et le nez busqué, le couple passait inaperçu sur la Canebière. L'argent du bouquin épuisé, ils s'étaient séparés. Don Sauveur avait pris un bateau pour L'Île Rousse et elle, elle était rentrée à Ecritoure. Sa mère l'avait embrassée et puis emmenée chez son gynécologue en lui faisant une petite leçon gênée sur sa liberté de femme libre mais que, tout de même, il fallait faire attention aux MST, au Sida et aux enfants qui sont les dangers inévitablement attachés à cette liberté. Sophie qui était toujours vierge avait hoché la tête et quotidiennement donné sa pilule à DSK, le chat de la maison, qui grossit un peu et devint casanier au grand soulagement des propriétaires de félines rares du voisinage.

Sophie regarda la main de Ludo qui disparaissait au milieu des rayures et elle acquiesça d'une voix oppressée. Le secret clodo poussa sa main, attira sa belle et tout fut comme il fallait que ce soit.

Au matin Ludo le héros avait bu le café que Sophie lui tendait et s'était levé en sifflotant le "Lamento della Ninfa" de Claudio Monteverdi, enfin c'est ce qu'il pensait.

Son amante enamourée n'y tint plus, elle lui sauta au cou et le fit taire d'un baiser passionné. Elle aussi, elle adorait Cabrel.

Ludo était un agent consciencieux et il repoussa brutalement la femme. Ils avaient du travail et il ne craignait plus qu'elle se révolte. Il avait eu toute la nuit pour vérifier ce qu'il avait deviné depuis longtemps, Sophie aimait qu'on la bouscule. Pendant qu'elle lui polissait les ongles il précisa son plan.

C'est pour vendredi. Le jour du Sabbat évidemment. Ils seront six au dîner chez Marcel : un anglais, un italien et trois Espagnols.
Les juifs n'ont pas le droit de cuisiner pendant le Sabbat mais les agents du maussade ont une dispense. Sophie voulait montrer qu'elle suivait et intervint.

– Comme mon grand-oncle Jean. Il avait une indulgence papale que Pie XI lui avait accordée pour lui et pour tous les siens.

Coquette, elle marqua une pause et ajouta :

- C'est le parchemin dans le cadre doré au-dessus du lit. Elle me protège aussi l'indulgence.

Ludo ne lui fit pas remarquer qu'il avait été plus d'une fois le nez sur l'indulgence en question au cours de leurs ébats. Il était brutal mais pas mufle. Et puis ça lui rappelait de mauvais souvenirs cette histoire. Quand il était débutant à la DST il habitait une chambre dans une vieille maison du Marais. Au plafond une fuite avait dessiné une tache qui ressemblait vraiment à la Corse sauf qu'une baie supplémentaire s'était glissée entre la baie d'Ajaccio et le Golfe de Sagone. Au début cela ne se remarquait pas mais Ludo passait de long moment d'inactivité, allongé sur son lit à contempler le plafond. Le dimanche surtout il s'ennuyait. Heureusement Ludo était beau gosse et sa presque profession faisait rêver les étudiantes de science Po tout proche. Il félicita sa première conquête de sa connaissance de la topographie de l'île, il fut moins enthousiaste pour la deuxième et franchement morose à la troisième, la quatrième était Sarde et ne fit aucune remarque, la cinquième n'aimait qu'être prise en levrette. La sixième toutefois remarqua la baie supplémentaire et même qu'il manquait une des îles sanguinaires, il repeignit le plafond.

Il sursauta. Sophie venait de lui glisser sa lime sous l'ongle de l'index et tournait la lame.

– Vous rêvez mon ami.

L'ami lui répondit d'une beigne pas trop appuyée et lui expliqua son plan en suçotant son doigt

– Vendredi à vingt-trois heures, il y a le match Seichelle-Malte. Tout Ecritoure sera devant l'écran. Vrai ?

- Vrai ! Un match qui compte pour les soixante-quatrièmes de final de la coupe Platini, tu penses ! Cécile restera ouverte. Tu veux qu'on y aille ?

Ludo soupira.

– On n'aura pas le temps. À vingt-trois heures quinze je me glisserai chez le charcutier kasher et je neutraliserai les six cloportes. À vingt-trois heures trente tu gareras la remorque devant la porte de la remise de la boutique. Il y a un pont roulant et un treuil qui lui servent à rentrer les carcasses, je l'utiliserai pour sortir... les carcasses.

Sophie faillit battre des mains. Elle allait servir son maître, humble et indispensable. Elle frétillait et sa voix tremblait.

– il faudra une bâche sur la charrette.

Ludo approuva et lui tapota le genou. Dieudonné grogna, il n'aimait pas la concurrence, c'était lui le chien du Ludo.

- D'ici là je vais rester caché chez toi. Dieudonné ira traîner dans les bois et la nuit prochaine je vais organiser la disparition de Ludo le Clodo. D'ici cette après-midi, repos.

– Je vais refaire le lit, la bonne vient l'après-midi, le matin elle est chez Bénédicte. Si tu veux tu peux utiliser ma voiture. Si tu veux je peux faire du thé...

Elle adorait dire "si tu veux". Elle partit vers la chambre en se déhanchant très impudiquement. Un instant elle se demanda si elle n'allait pas ressortir son voile de mousseline de Damas et sa robe à sequin, mais elle décida que ce serait plus convenable pour la soirée. Ludo la suivit comme aspiré et dans la chambre tout fut comme il fallait que ce fût.

Vers seize heures Ludo avait pris en stop un pèlerin canadien à peu près de sa taille, il pleuvait et il n'avait eu aucun mal à le convaincre de se mettre à l'abri dans son refuge de clodo. Vers dix-sept heures il l'avait étranglé et, là, il retournait chez son hôtesse en sifflotant le "Dio Vi Salve". Enfin c'est ce qu'il pensait mais cela ressemblait plutôt à du Sardou. Il croisa une jolie pelle mécanique toute verte avec Marc Antoine tout rouge au volant. Il sifflota un ton au dessus. Tout allait bien.

Le dîner fut oriental et la soirée tournait au délice du harem mais à onze heures Ludo se leva de son sofa. Il chargea dans le coffre de la Subaru de Sophie un jerrican d'essence et une bombe de peinture verte. Sophie pour l'accompagner avait passé une combinaison de mécano par-dessus le presque rien qui l'habillait. La pratique du tricot l'avait rendu habile, il ne lui fallut pas cinq minutes pour bomber sur la façade du refuge de Ludo le texte en arabe qu'il lui avait recopié sur un morceau de bristol. Même si elle ne comprenait ni n'écrivait l'arabe elle s'en tira très bien et cela faisait vraiment élégant. Ludo la rejoignit avec la voiture, il sentait l'essence. Il regarda la façade et la félicita.

Quand ils furent arrivés au coin de la cathédrale, l'agent sorti son téléphone et pianota un instant. Ils regardèrent l'explosion puis l'incendie se propager. Sophie se serra et s'enquit :

– Ça veut dire quoi ce que tu m'as fait marquer ?

– Un truc antisémite, je crois. C'est le service communication de la DST qui me l'a fourni.

En entendant la sirène des pompiers, Ludo desserra le frein à main et laissa la voiture glisser tout feu éteint en bas de l'esplanade.

Dieudonné les attendait, couché derrière la haie, invisible. À l'intérieur ça sentait le chaud, l'encens et le haschich, ils n'avaient pas dû partir plus d'une demi-heure en tout.

Le matin se leva tout doucement pour ne pas réveiller les amants.

Devant l'écurie noircie trois voitures noires et une camionnette bleue barraient presque toute la rue. Le gyrophare bleu de la gendarmerie tournait et donnait un petit air de fête à la scène. Deux types en noirs prenaient des photos, les autres parlaient au téléphone. Pierre le municipal écoutait le Maire qui attendait la presse.

Le feu avait épargné l'inscription verte. Le crime islamiste ne faisait guère de doute surtout quand les types en combinaisons blanches de l'identité judiciaire exhibèrent une étoile de David toute tordue au bout d'une chaîne métallique noircie.

On attendait le juge. Le maire gesticulait et Pierre haussait les épaules. Ils attirèrent les types en noir à l'écart. Le maire prit la parole.

- Pierre Henessy, le chef de la police d'Ecritoure, lit l'arabe et il vient de me donner une information qui devrait vous intéresser.

Pierre rougit un peu et expliqua.

– Ma femme est d'Oran alors, le soir, elle m'apprend.

Le type en noir qui avait l'air de commander s'en foutait bien complètement de la vie conjugale du municipal. Il toussota en désignant l'inscription du menton. Pierre repris.

– Alors voilà. C'est curieux, mais ce qui est marqué là ça veut dire : "à consommer de préférence avant le :"

Le maire et les deux hommes en noirs baissèrent la tête, accablés. L'affaire était moins simple que prévu.

Sophie, Dieudonné et leur maître se levèrent tard. Il restait du chocolat de chez Baudequin et des makrouts de la veille et ils s'en régalèrent. Ludo se dit que le Earl Grey et le chocolat ça n'allait pas forcément très bien ensemble et il ordonna à Jolie-Sophie de trouver du Lapsan Souchong pour le lendemain. Elle ne savait pas exactement ce que c'était mais se dit qu'il y en aurait forcément au Fauchon de Miradoux, ils avaient de tout. Ludo hésitait, il lui fallait des sous-vêtements propres et une tenue noire pour le vendredi mais il se demandait s'il ne vaudrait pas mieux conduire jusqu'à Bordeaux. Il y avait bien le magasin Hugo Boss, rue du Petit Merle et il n'y avait aucun risque que les propriétaires, deux jeunes mariés Bordelais fassent le lien entre lui et le Clodo. Ils étaient marchands de fringues par conviction. Pour eux le costume faisait l'homme. On était mis au monde par son tailleur. Ce qui retenait Ludo c'était qu'à Ecritoure il risquait de ne pas trouver les caleçons moulant pervenches auquel il était habitué. D'un autre côté il allait falloir passer le temps et la perspective de rester toute la journée enfermé avec Sophie et Dieudonné ne lui disait qu'à moitié.

Il dit assez sèchement pour que Sophie fût moite :

– Habille-toi normalement on va aller faire des courses à Bordeaux.

Elle partit en battant des mains et revint cinq minutes plus tard recouverte d'un voile de soie noir assorti à ses gants et à ses lunettes. Elle était à croquer et Ludo la croqua. Plus tard elle monta dans la voiture habillée en beigeasse rurale, elle était à peindre mais heureusement Ludo ne savait pas dessiner et ils démarrèrent enfin.

La journée fut délicieuse, la pluie cessa juste quand ils passaient le pont Chaban Delmas. Le ciel faisait encore le malin mais le bleu n'était pas loin. Ludo se détendit tout à fait en débouchant sur le boulevard Simone de Beauvoir, il accéléra, un radar flasha ce qui fit japper le chien et rire la femme. À eux trois ils formaient un couple superbe, sobrement élégant, très classe, et les Bordelais appréciaient très visiblement, c'est-à-dire qu'ils faisaient semblant de ne pas les remarquer.

Ludo eut un peu de mal à interdire à Sophie de porter les paquets mais elle finit par se raisonner. Le dernier arrêt fut pour Callens, le magasin chic où on trouvait tout pour la chasse. Quand ils rejoignirent la Subaru il faisait déjà nuit. Le chien sauta à l'arrière et s'endormit presque tout de suite. Sophie avait gardé avec elle le paquet de l'armurier. Ludo lui demanda d'attendre d'être sortie du parking vidéosurveillé pour ouvrir le bel écrin de cuir qui allait avec son Smith & Wesson Lady 5.5. Maintenant ils étaient sortis de la ville et elle souleva le couvercle de la boîte qu'elle avait posée sur ses genoux. C'était vraiment un bel objet, ce revolver. Elle avait fait la moue devant le Beretta chromé que lui avait d'abord proposé le vendeur et prit le petit calibre noir en main presque tout de suite. Ludo et l'armurier avaient fait presque la même moue d'approbation. Ludo trouvait Sophie de plus en plus à son goût, presque idéale.

Ils roulaient dans la campagne maintenant. Ludo gentiment s'inquiéta :

- Ce n'est pas trop petit comme calibre ? Je veux dire, le 5.5, c'est léger.

Elle avait ouvert la fenêtre et visait les silhouettes des arbres. Elle le rassura.

– Mais non avec ça tu peux arrêter un éléphant qui charge.

Elle rit et ajouta.

– À condition de l'atteindre dans l'œil.

Ludo rit aussi mais, par-devers lui, s'étonna qu'elle connaisse cette blague de stand de tir. C'est pas au club des tricoteuses qu'elle l'avait entendue.

Il faisait nuit mais le ciel était clair et la lune à demie gibbeuse, au trois-quarts pleine si on préfère. L'air était doux. Il flottait dans la voiture une odeur de thé et de parfum. Le chien gémit dans son sommeil, il devait courir derrière un lapin idéal quelque part dans les bruyères. On distinguait ici ou là l'éclair malicieux du regard d'une vache qui fixait sans ciller les phares blancs. Sophie sortit le bras et par la fenêtre ouverte, elle tira sans viser les six balles du barillet.

Elle rit, rechargea l'arme et se blottit contre Ludo. Un Ludo un peu ému par tant de tendresse, un Ludo de plus en plus intrigué par sa compagne. Elle avait tiré sans à-coups et rechargé l'arme sans la regarder, à tâtons.

Il remarqua, l'air de pas y toucher

– Tu as l'air de bien l'aimer ce Smith & Wesson.

Elle frotta sa tête contre son oreille a lui.

- J'en ai toujours eu envie. Mes parents ne juraient que par les automatiques, tchèques ou russes de préférence. Tu sais, mon Prince Clochard. Il y a beaucoup de choses que tu me donnes dont j'avais toujours eu envie. Si tu veux je partirai avec toi après.

Ludo comprit qu'il avait pensé à quelque chose comme cela, lui aussi. Il balançait entre la vanité d'être un séducteur si efficace et la gêne de se savoir un amant médiocre. Il chopait sans trop d'effort mais lassait vite ses conquêtes. L'enthousiasme de Sophie remédiait à toutes ses défaillances et pour la première fois il se sentait en sécurité avec une femme qui ne soit pas la femme d'un autre.

Pendant que Ludo s'enamourait, les invités de Marcel arrivaient discrètement. La maison du charcutier était vaste, sa cave immense et bien fournie. Les Espagnols émaciés et barbus, l'air d'être tout droit sorti d'un tableau de Zurbarán, étaient entrés vers les midis dans la boutique de Marcel Graton. Ils n'étaient que deux et pas trois comme l'avait annoncé la DST, mais enfin ils étaient là et ils étaient espagnols. L'Anglais gara sa Jaguar verte dans la cour de L'hostellerie de la Coquille où il avait retenu une chambre. Il avait perdu un peu de temps à expliquer à Mélanie Melo, la réceptionniste, qu'il savait parfaitement que les femmes qui cheminaient vers Saint Jacques de Compostelle ne s'appelaient pas des coquillettes mais qu'il avait voulu être drôle. Mélanie choquée qu'on plaisante La Sainte Coquille dont Ecritoure tirait 23,9 % de ses revenus (INSEE) lui déclara en secouant ses cheveux blonds vénusiens qu'elle était trop pieuse pour apprécier la blague. L'humoriste briton s'était retenu de lui demander si une femme pieuse c'était une femme qui allait au pieu, il avait envie d'une douche et il ne voulait pas passer l'après-midi à s'excuser.

Il ne manquait que l'italien.

Ludo et Sophie poussèrent la porte de la maison. Ils étaient heureux comme des grives mais ils avaient faim et étaient un peu fatigués. Ils avaient fait un tour du côté du petit bois des Corbeaux pour vérifier que Marc Antoine avait bien fait son boulot. Il avait. La fosse était suffisamment vaste pour contenir les six dépouilles et suffisamment profonde pour qu'on ne les trouve pas immédiatement. D'ailleurs avec l'acide phosphorique qu'il comptait verser dessus il n'en resterait plus trop rien des dépouilles. Il dit, assez fort pour que sa compagne l'entende :

– Merde ! L'acide.

Ludo se mordit les lèvres et tapa du pied. Il avait l'air d'un petit garçon dépité d'un coup. Sophie se colla contre son dos et l'entoura de ses bras. Elle lui murmura en le berçant un peu.

– On aura qu'à les incinérer. Marcel a tout ce qu'il faut, c'est toi-même qui me l'as appris.

Ludo sourit puis se renfrogna. Il était soulagé mais vexé. Si vexé qu'il ne s'étonna pas de la compétence de la femme. Il aurait pu, il aurait dû. Pour une gentle woman farmer, fan de tricot et soumise clandestine, elle était singulièrement trop efficace.

Sophie sentit qu'elle avait été trop rapide à réagir. Elle passa la main sous le pull de son maître et déboutonna sa chemise. Câline, elle lui murmura :

– Je vais faire des lasagnes.

Ludo se laissa aller à tant de douce prévenance et se détendit tout à fait. Il posa sa main sur la sienne et conclut.

– Oui, il y en a marre du confit.

Chez Marcel, on commençait à vraiment s'inquiéter pour l'italien. Ils se donnèrent une heure avant de se mettre au travail sans lui.

L'ambiance était moyennement festive. L'arrivée d'une poêlée de foie gras aux figues et d'une bouteille de Château Dassault déclencha quelques sourires mais aucun cri de joie. L'antenne italienne du Maussade les avait contactés : Piotr Paolo Antonio Petitcailloux était parti comme prévu et avait signalé son arrivée pour la veille. Il voyageait, comme les Espagnols, sous une couverture de coquillart. On n'avait aucune nouvelle depuis mercredi matin.

Les espions israéliens s'amusaient souvent de Piotr et de sa double culture. Italien par son père, c'était un ailier gauche maladroit mais enthousiaste. De sa mère québécoise il avait hérité un français parfait qu'il roquaillait à la manière de Robert Charlebois. Pour essayer de détendre l'atmosphère, Marcel leur raconta l'histoire de l'incendie du HLM de la grand-rue. Tous parlaient arabe couramment et ils rirent en imaginant la tête des hommes de la préfecture en entendant la traduction de la revendication.

Marcel rit plus fort que les autres. Marcel était celui qui connaissait le mieux la France. Il expliqua qu'une partie non négligeable du budget des services secrets français était consacrée aux déplacements en Corse des hauts fonctionnaires et de leurs collaboratrices. Du coup pour équilibrer, ils embauchaient des intérimaires sous-payés mais parfois compétents ou, ce qui avait dû être le cas, des enfants de députés parfaitement ignares. Le rejeton républicain avait dû recopier le slogan au bas d'une boîte de biscuits hollandais.

Pour le coup, tout le monde rit. De toutes les façons, chaque fois que l'espionnage (ou le contre-espionnage) français était cité dans une assemblée d'agents secrets, c'était marrade et poilante à tous les étages.

Du coup, l'armagnac s'y mit et vers les onze heures la fête battait son plein. Les Espagnols avaient interprété "Cara Del Sol" en polyphonies et Marcel s'était fait applaudir en chantant "Maréchal nous voilà". L'Anglais hurla avec beaucoup de conviction l'hymne de l'équipe de foot de Wimbledon. Les clubs de supporters de foot étaient ce que les Brits avaient de plus proche des bandes fascistes continentales.

Quand Ludo apparut dans la lumière de la cave, noir comme un SS dans son costume Hugo Boss tout neuf, les convives applaudirent. Ils l'avaient pris pour Piotr, l'italien, dont il avait la taille et la corpulence. Marcel se leva et puis se rassit en voyant le canon du PM que Ludo avait à la main. Les cinq agents israéliens fixaient le canon noir du Manufrance. Ils connaissaient l'arme : les paras français en avaient été munis pour pacifier la Corse. Ça n'avait pas très bien marché mais les prix de l'immobilier dans le golfe d'Ajaccio s'étaient envolés, depuis, les indépendantistes s'étaient transformés en agents immobiliers et le nombre de mort s'était stabilisé au niveau d'une ville tranquille du Middle West.

L'anglais fut le premier à rompre le silence. Il s'adressa directement à Ludo :

– Vous n'avez pas été doté depuis Aleria ?

Ludo était gêné. L'assemblée nationale avait à plusieurs reprises voté les budgets pour moderniser leur équipement mais à chaque fois les sommes avaient été affectées à d'autres postes. Sous Giscard les ministres chasseurs (presque tous en fait) avaient reçu une paire de Purdey. Un Purdey "fin", c'est-à-dire sur mesure, pouvait valoir le prix d'une Rolls. Ludo n'avait pas envie d'expliquer tout ça à l'English hilare et il dégagea le cran de la sûreté de son escopette.

Il fallait qu'il tire très vite, en tout cas avant que chaque convive n'y aille de sa blague sur les services secrets français. Il écarta les jambes et tendit les bras comme il l'avait vu faire dans les films américains. Comme dans les films américains il bascula en avant quand la balle de petit calibre lui traversa le cerveau.

Sophie sortit de l'ombre du saloir à jambon où elle était restée cachée tout ce temps. Les Espagnols s'inclinèrent et l'anglais lui fit un baisemain. Marcel résuma le sentiment général.

-       Content de te voir, Judith.

FIN

Pascal Thiriet est chez Jigal et fier de l'être comme on dit. Quand il ne fait pas autre chose il finit son #4 (c'est pas le titre définitif).
En l'attendant vous pouvez toujours lire « J'ai fais comme elle a dit », « Faut que tu viennes » et « Au nom du fric »... chez Jigal Œuf Corse.

« **Affaire vous concernant** »

Karim Aït-Gacem (Belgique)

Qu'est-ce que ça peut bien être ? De quoi veulent-ils bien parler ? C'est quand même fou de convoquer des gens sans plus de détails qu'"Affaire vous concernant". Quelle affaire ? Et en plus, il faut attendre jusqu'à demain pour savoir de quoi il retourne. Comment dormir avec tant de questions qui vont de tourner et tourner sans cesse dans l'esprit. Mais qu'est-ce qu'ils savent au juste ? Pourquoi ne sont-ils pas venus directement s'ils savent quelque chose ? Ça doit sûrement être pour autre chose. Quelque chose de pas grave. Quelque chose d'anodin qui nous fera sourire après coup, « ah, c'était juste pour ça ».

S'ils savaient vraiment, ils auraient enfoncé la porte, passé les menottes et démarré toutes sirènes hurlantes. Mais là, ce simple courrier...

Peut-être que c'est relié. Mais de loin. Que c'est juste la routine. C'est sûrement la façon de faire dans cette petite ville du Gers. Les flics interrogent un peu tout le monde. Tout ceux qui sont concernés, de près ou de très loin. Ils lancent un grand filet dans l'espoir de prendre le gros poisson. Mais ils ne savent rien. Il suffit d'être plus malin qu'eux pour s'en sortir. Ça ne devrait pas être si compliqué. Les bons policiers, les coriaces, ils sont à Paris ou dans des grandes villes, pas à Lectoure. Tout va bien se passer. Il faut penser à toutes les questions et préparer toutes les réponses. Il faut avoir l'air convaincant, un peu détaché. Il faut flairer les questions à double sens, se sortir de tous les pièges. Leur être supérieur dans l'intelligence. Tout en maîtrise de soi. Tout ira bien. Ils ne savent rien.

Depuis le temps qu'on travaille ensemble, entendre un suspect est devenu une formalité. Les affaires sont toutes différentes mais la méthode reste la même. Les deux enquêteurs avec leurs rôles bien définis. Le gentil et le méchant. Plus précisément, le souriant-compatissant et le muet-agressif.

Le muet est assis sur un coin de la table. Il n'intervient à aucun moment. Il se contente d'écouter en arborant un air agressif. Si on le lui demandait, il nous dirait que son visage n'exprime rien. Qu'il est complètement neutre. Qu'il laisse aux autres, le soin de plaquer leurs ressentis du moment sur son visage. Comme un miroir. Il n'a rien d'autre à faire. Alors, pour s'occuper, il démonte des trombones pendant toute la durée de l'audition. Il les puise dans un pot et aligne devant lui les filaments en ferraille résultats de ses manipulations.

Le souriant, lui, écoute le suspect. Il l'écoute très respectueusement, lui laissant le temps de répondre à ses questions. Quelles que soient les réponses, il ne le contredit jamais. Il transcrit fidèlement toutes ses déclarations et les répète même à haute voix. Il accueille avec bonhomie toutes les explications alambiquées qui lui sont servies et d'un sourire compréhensif, les juge parfaitement vraisemblables. Il laisse libre cours au suspect dans la minoration de tout ce qui pourrait l'incriminer mais aussi dans la majoration de tout ce qui pourrait le dédouaner. On est entre gens de bonne compagnie, on peut se laisser aller, on peut parler. Nous, on est là pour écouter. Il ne faut pas hésiter à dire tout ce qui vous passe par la tête. On ne sait pas, ça pourrait aider l'enquête. Même les anecdotes les plus anodines peuvent se révéler décisives. En tout cas, nous sommes tout ouïe. Personne ne vous interrompra pour se faire valoir avec une anecdote meilleure que la vôtre. Ici, pas besoin d'aller directement au but. Les détours sont valorisés. Les détails sont magnifiés. On peut amplifier, broder, inventer. Tout est noté. Il n'y a plus qu'à signer.

Il n'y a pas à dire, c'est à la virgule près, tout ce qui a été déclaré. C'est fou, même les hésitations dans la voix, même ces paroles qui sonnent tellement faux, rien n'a alerté le policier. Benoîtement, il a noté tout ce qui s'est dit et a même donné l'impression de souffler par quelle issue sortir, lorsque l'on était perdu dans le labyrinthe des affirmations fantaisistes. Vraiment, il n'y a pas lieu de s'en faire, ils ne savent rien. Il s'agissait juste de vérifications, de la routine du métier de flic. Tout s'est très bien passé avec le policier principal. Très sympathique mais limite un peu idiot. Et puis l'autre là, assis sur le coin du bureau, à démonter ses trombones sans décocher le moindre mot. Ça n'a pas l'air d'être une lumière, lui non plus. C'est donc si facile de berner la police.

On s'en sort bien. Mais il ne faudra pas oublier tout ce qu'on s'est dit. Il faudra rendre des comptes à la conscience. Pour cela, il faudra un cadre apaisé. À Saint Jacques de Compostelle par exemple. Oui, sur le chemin de la voie lactée, dans une marche soutenue de l'aube jusqu'au crépuscule, jusqu'à épuiser le corps et éteindre l'esprit. Et la récompense, tout en haut des Pyrénées, où on pleurera à chaudes larmes devant la splendeur de la nature. Comme une prise de conscience de la réalité de l'existence. Et puis refaire sa vie en Espagne. Les vraies valeurs. Travailler la terre. Chaque jour ressemblant à la veille. Et puis un jour, une jolie brune. Un fort caractère. Des blessures semblables aux miennes. Oublié, le passé. Le repos de l'âme. Et pourquoi pas quelques miettes de bonheur.

Non, on ne vous libère pas tout de suite. Vous savez ce que c'est, les tracasseries administratives. On va vous faire attendre dans la petite salle vitrée dans le coin. Non, pas dans le couloir, la pièce en face là. Oui on doit vous enfermer. La procédure... Mais ne vous inquiétez pas, ça ne devrait pas être bien long.

Ça fait combien de temps ? Pas d'horloge, pas de fenêtres apparentes, juste la lumière du néon. Ça fait quinze minutes ou une heure ? Sûrement deux heures. Peut-être trois. Ce n'est pas le temps qui s'écoule le problème, c'est plutôt le fait d'être seul avec ses pensées. Rien pour les distraire alors, forcément, elles s'abattent sur le sujet qu'on veut éviter. On peut tromper les pensées avec de l'agitation continuelle. Des gens qui passent. Des gens qui dansent. Des gens qui travaillent. Il suffit de les regarder et jouer à leur inventer des vies. Mais si les pensées qui nous tourmentent résistent, il faut passer la vitesse supérieure. Il faut entrer dans un commerce, discuter avec la vendeuse, écouter attentivement tout ce qu'elle a à nous dire sur cette paire de chaussure. Dix minutes de gagner sur les mauvaises pensées. On peut aussi visiter des maisons à acheter et écouter l'agent immobilier essayer d'attraper sa commission. On peut gagner une journée comme ça. Le soir, il faut aller dans les bars et écouter les conversations. On peut y boire aussi et si on y met la dose, ça permet de s'endormir sans y penser. Mais là, dans cette cage vitrée, avec ce néon, comment ne pas y penser.

À ce jour où on a eu l'impression de se retrouver dans le corps d'un autre. Avec l'esprit d'un autre. Meilleur que nous bien sûr. La veille on aurait piteusement raccroché en s'excusant du dérangement. Mais ce jour-là, on résiste au « on ne peut pas faire autrement » de l'opérateur avec une telle détermination, qu'elle aboutit à de justes compensations face au préjudice subi. La veille on serait rentré tranquillement à la maison pour regarder un film parce que demain on bosse. Mais ce jour-là, on va boire un petit verre avant de rentrer. On s'installe à la Taverne du Bastion alors qu'on s'était toujours dit que ce n'était pas un endroit pour soi. Et on se sent à l'aise alors on échange des blagues avec le voisin qui lui aussi attend sa bière et les blagues font mouche et on est invité à rejoindre sa table et ses amis et on fait connaissance dans la joie et les rires et on poursuit la fête parce que ce soir il y a concert à la Taverne du Bastion et on chante et on danse avec Amélie et le café va fermer. Déjà. Mais ce soir rien ne nous arrêtera. On va chercher du vin chez moi. Les meilleures bouteilles. Toute la cave. Fini de conserver. Cette nuit on va boire au jardin des Marronniers et on passe le mur et on se baigne dans la piscine. Tout nu. Tous nus. Et on dit de la poésie de petit matin ivre et on fait des bisous avec Amélie et on quitte les autres pour aller chez elle et elle a ces tout petits cris de plaisir qui chatouillent les oreilles et on s'endort dans ses bras comme s'il n'y avait plus de lendemain.

La police a sorti son gros stylo rouge. Et elle souligne tous les passages de la déclaration de monsieur qui ne sont que mensonges. Des mensonges avérés, des mensonges par omission, des petits mensonges ridicules, des mensonges gros comme une maison. Des mensonges comme il respire. Tout le stylo rouge y est passé. Tous les mots gisent dans cette mare d'encre rouge.

Parce que si elle ne sait pas tout, elle sait quand même beaucoup de choses, la police. Elle a interrogé ceux qui n'ont que la vérité à la bouche. Les amies qui la sentaient préoccupée ces derniers temps. La concierge qui a vu les venants et les allants. La voisine qui a cru entendre des sons troublants. Le téléphone qui a affiché les messages menaçants et enfin le couteau qui a fait jaillir le sang.

Ils savent tout. Tout ce qui s'est passé. Et ils pensent que c'est moi qui aie fait ça. Comment peuvent-ils me croire capable de faire une chose pareille. Tout le monde sait bien que je ne suis pas quelqu'un comme ça. Demandez donc autour, même à des gens que je ne connais pas. Montrez-leur mon visage et demandez-leur donc si j'ai une tête à faire ça. Vous verrez ce qu'ils vous répondront. Vous serez bien surpris. Ce n'est pas moi. Je vous le jure que ce n'est pas moi. Il y a deux semaines, j'ai pris le temps d'indiquer la route de Toulouse à un automobiliste complètement perdu avec sa femme et ses deux enfants. J'aurais même dessiné un plan si ça avait été nécessaire. Et puis un autre jour, j'ai aidé une femme africaine à porter sa poussette jusqu'en haut des marches. Jamais un assassin ne ferait ça, indiquer le chemin aux automobilistes ou porter une poussette jusqu'en haut des marches. C'est bien la preuve que ce n'est pas moi.

Le policier silencieux a retrouvé la parole mais il a gardé son air mauvais. Il pense que je suis le pire salopard que la Terre ait jamais porté. Il me pense équivalent à ces noirs d'Afrique qui massacrent leurs voisins, grands-parents, parents et enfants à la machette. Il me pense l'égal des islamistes barbus qui coupent les têtes et éventrent les femmes enceintes.

De la bouche de la police sortent les flots tumultueux de la vérité qui emportent sur leurs passages toutes les contradictions et les mensonges. Mais le suspect résiste. Il reste accroché à des branches minuscules mais dont les racines sont solides. Les racines du déni. Tout ça n'est qu'une monstrueuse erreur, ou pire, une machination ourdie par des forces secrètes qui veulent ma perte. Mais la police n'est pas d'humeur à écouter des élucubrations. C'est elle qui a dû annoncer la mort à la famille et aux amis. C'est par sa bouche que s'est répandue la tristesse sans fin. Et c'est elle qui s'est engagée à retrouver le coupable. Elle le tient. Il s'agit maintenant de le faire avouer et tous les moyens psychologiques sont bons. On va interrompre le flot des suppositions et autres accusations pour mitrailler de questions. Concrètement. À quel moment ? Avec qui ? Comment ? Où ?

Le suspect tente de s'abriter. Il est là, accroupi sous ce si petit muret. La position n'est pas confortable. Il est tout courbaturé. Ses jambes lui font mal. Et ça tire sans répit, sans repos. Ça siffle au-dessus de sa tête. Il veut se redresser et tant pis pour les balles, qu'on en finisse. Mais un petit instinct de survie l'en empêche encore. Vingt fois, il a pensé se relever. Vingt fois, il est resté accroupi. Il se dit qu'une fois levé, le soulagement pourrait être de courte durée. Que des tourments bien pires l'attendent après. Ce n'est jamais facile de prendre la décision de s'offrir aux balles. Voilà pourquoi la police s'est divisée en deux, un qui poursuit le tir et un autre qui aide à se relever. En faisant appel aux valeurs : il faut assumer ses actes, payer sa dette. En parlant de la famille de la victime qui cherche le repos. La paix de l'âme.

Si seulement on pouvait revenir en arrière. Juste avant. Tout serait différent. Non, en fait, tout serait pareil. La même identité, les mêmes problèmes, la même horreur d'être soi-même. Pourtant, il avait réussi ce soir-là, à dépasser ce qu'il était. Finesse, humour, confiance en soi. Il a fallu que ce foutu lendemain arrive. Il aurait dû prendre l'air détaché de ceux qui ont tout connu, des mâles alpha. Noter son numéro de téléphone sur une boîte d'allumettes et s'éclipser virilement. Elle l'aurait rappelé. Passe encore les fleurs au réveil et le petit-déjeuner au lit. Le chocolat chaud à l'ancienne, fondu carré par carré. Mais après pourquoi on irait pas au cinéma, peu importe le film, on s'embrasserait tout du long et puis après on prendrait la voiture et on roulerait jusqu'à l'océan et en chemin on s'arrêterait chez mes parents, on pourrait rester déjeuner de coquillages et puis finalement on rentrerait et puis non, dans un grand rire complice, on ferait demi-tour et on prendrait une petite chambre à l'hôtel du port et on ferait l'amour et on se dirait les mots magiques.

C'était peut-être beau dans sa tête, mais de l'extérieur, ça sentait fort le pot de colle tendance psychopathe. Ça puait l'étouffeur jaloux qu'il faut fuir à grandes enjambées et congédier. Par texto s'il le faut. Non, il ne faut pas. Pas par texto. Tous ces mots sont bien trop ambigus. Et à force de les relire, à un moment, ils disent le contraire de ce qu'ils signifient. Et appellent des explications. Et un deuil toujours reporté. Alors on demande une rencontre, une dernière fois. Pour comprendre. Si on n'essaie pas, on ne sait pas. Une chute sans fin vers le pathétique. Jusqu'à arriver au côté obscur. On teste les mots de passe. On guette devant l'appartement. Et on voit ce qu'on ne devrait pas voir. Et on devient fou de douleur. Et on demande encore une fois qu'on se voit une dernière fois. On attend la réponse. Pas de réponse. Alors on y va au milieu de la nuit.

Il suffit de tout dire et la paix reviendra. Finie la torture des questions. Finies les contorsions de l'esprit. La dignité sera retrouvée. Un homme répondra des actes qu'il a commis. Mais tant que les mots n'ont pas passé la bouche, la réalité des faits n'existe pas. Alors aucun des mots ne veut être expulsé de la bouche. Ils usent de tous les stratagèmes, de tous les recours. Ils se cachent entre les dents, sous la langue, derrière la glotte. Ils se satisfont très bien de rester dans la bouche. Ce n'est peut-être pas le confort du subconscient mais c'est mieux que d'être livré à l'oreille de la police. Ils savent très bien ce qui les y attend. Ils déboucheront sur des accusations, un jugement et un emprisonnement. Les mots ne sont pas dupes pourtant. Ils savent qu'on discute de leur sort en haut lieu et que si la capitulation est décidée, ils n'auront pas d'autre choix que de sortir.

Les mots qui sortent de sa bouche sont tellement blessants. Des attaques sur sa virilité. Des comparaisons avec l'autre. Et puis des rires. C'est ça le pire, des rires qui n'en finissent pas. Elle ne peut plus parler tellement elle rit. Alors, piteusement, on s'en va. On rentre chez soi. On pleure. On pense au suicide. Et le lendemain, on va déjà mieux. Tu as compris ? Rentre chez toi, ne reste pas là dans cette voiture, à ruminer des pensées négatives. Tourne cette clé de contact et rentre chez toi. Chasse ces envies de donner une bonne leçon, de montrer que t'es un homme. Ces envies de lui faire passer l'envie de rire. De lui faire peur. De lui faire mal.

Il a tout dit. La police sait où, comment et pourquoi. Le suspect a disparu. Il a laissé place à un coupable, effondré sur la chaise, coulant un flot ininterrompu de larmes et de morve. Les menottes l'empêchent d'essuyer son nez.

Crime à Tavistock

Xavière Michaux

(Catégorie Jeune - 14 ans)

Je frappai à la porte du manoir, 2, Old Exeter road. Une jeune fille d'une quinzaine d'années vint m'ouvrir. Elle ne semblait nullement affectée par le décès survenu quelques heures plus tôt.

- Vous êtes la détective ? me demanda-t-elle.

- Oui, je m'appelle Emily Scott, inspectrice en chef de la police de Tavistock.

D'habitude, pour ce genre d'enquête, c'étaient des inspecteurs plus gradés qui s'en occupaient, mais c'étaient les vacances scolaires et ils étaient tous partis à l'autre bout du monde. On me chargea donc de m'occuper de l'affaire. J'étais ravie ; le meurtre ressemblait à ceux des romans d'Agatha Christie : une jeune fille de 17 ans, Jane Doyle, avait été retrouvée empoisonnée le lendemain de son anniversaire. M. et Mme Doyle étaient catégoriques : toutes les portes et les fenêtres étaient fermées.

- Entrez, me dit l'adolescente.

La décoration du manoir était d'un style typiquement anglais. Toutes les personnes présentes au moment du meurtre m'attendaient dans le salon. Les parents de Jane

169

avaient invité, pour l'anniversaire de leur fille, la famille au complet, ils étaient huit en tout : son oncle Georges, son cousin William, avec qui elle avait de très bons contacts, et sa marraine, Victoria, revenue de France pour l'occasion. Jane avait décidé de présenter son petit ami, Edward, à sa famille ce jour-là.

Je commençai mes interrogatoires par la jeune fille qui était venue m'ouvrir. C'était la sœur de Jane, Mary.

- La journée s'est passée presque sans aucun incident, me déclara-t-elle.

C'était une jeune adolescente espiègle avec des yeux brun noisette.

- Presque ?

- Oui, oncle Georges et papa ne peuvent pas se supporter, cela fait vingt ans que c'est comme ça. Ils ne se sont pas disputés devant nous mais, même de la cuisine, on les entendait.

- Pourquoi ton père et son frère se détestent-ils autant ?, demandai-je.

- Je ne sais pas. Cela date d'avant ma naissance, tout le monde le sait mais personne ne m'en parle.

- Mais, alors, pourquoi l'a-t-il invité ?

- Jane et oncle Georges s'entendent très bien et, depuis le départ de Jane pour Oxford, elle vient si rarement que l'on tenait à lui faire plaisir pour son anniversaire.

Je décidai d'écarter pour le moment l'oncle Georges mais le peu d'émotions de Mary et le fait qu'elle ait détourné la conversation sur son père et son oncle me laissait dubitative. Cette histoire de dispute me troublait, je décidai donc d'interroger le père de la victime, James. Il était grand et froid avec un air sévère. La délicatesse n'était pas mon fort et je commençai directement les hostilités.

- Votre fille m'a dit que vous ne vous entendiez pas avec votre frère, pourquoi ?

- C'est une vieille histoire, et pourquoi cela aurait-il un rapport avec la mort de Jane ?

- C'est à vous de me le dire, répliquais-je. Les plus petits indices pourront peut-être nous aider.

Il prit une grande inspiration et, à ce moment, sa femme entra :

- Je vous apporte un peu de thé et, s'il vous plaît, ne traumatisez pas mon mari, dit-elle en souriant.

- Mais non Lizzie, Miss Scott aimerait savoir la cause de ma dispute avec Georges, hier.

- Miss, je vous assure que mon mari n'est pas un criminel !

- Un criminel ! Expliquez-moi !, m'exclamai-je.

Mme Élizabeth Doyle déballa tout très vite :

- Cela s'est passé il y a seize ans. Georges, sa femme, Rose, James et moi sortions très souvent ensemble. Jane et

William s'entendaient aussi très bien et restaient à la maison avec une baby-sitter. Ce jour-là, nous étions au restaurant pour fêter la future naissance de notre deuxième neveu, Andrew. Rose était enceinte de huit mois et demi. Soudain, elle se plaignit d'avoir des contractions. La voiture de Georges était en panne, il demanda à James d'emmener Rose à l'hôpital. Mon mari voulut bien faire et roula beaucoup trop vite sur une route de campagne. La voiture glissa et tomba dans un ravin. James s'en sortit avec dix points de suture, mais Rose et Andrew moururent sur le coup. Georges ne lui a jamais pardonné. Cependant, Jane et lui avaient de très bons rapports, et l'amitié entre William et sa cousine n'a pas changé.

Je compris la haine entre les deux frères et la raison pour laquelle James ne voulait pas me la dire : je pense qu'il s'en voulait. Je ne pouvais rien tirer de lui : même s'il savait quelque chose, son orgueil l'empêchait de me le dire.

Mme Élizabeth Doyle était tout l'inverse de son époux. C'était une femme attentionnée mais assez naïve. Elle semblait très affectée par la mort de sa fille. Dès que son mari fut sorti, elle m'assura :
- James s'en veut terriblement. D'ailleurs, hier soir, il avait bu quelques verres de vin de trop, il voulait absolument oublier la dispute avec son frère.

- C'est intéressant, pourquoi ne me l'a-t-il pas dit ?
- Peut-être parce que vous ne lui avez pas demandé ?

Vexée, je changeai de sujet.
- Est-ce qu'il s'entendait bien avec Jane ?
- À merveille, ils s'adoraient, au point que Mary se sente rejetée par son père, parfois.

J'avais un mobile pour Mary, et même si je trouvais M. Doyle antipathique, il n'avait aucune raison de tuer sa fille. Quant à Élizabeth, je n'y pensais même pas.

Après le repas, j'allai voir le médecin légiste. Il me déclara que Jane avait été empoisonnée par un morceau de chocolat, imprégné de ciguë. Je revins au manoir mais fis un détour par le jardin. Il y avait dans un bosquet des fleurs de ciguë et des traces de pas au pied de celui-ci. Le jour du meurtre, il faisait très beau, tout le monde aurait pu subtiliser une des fleurs.

Dans la maison, les invités étaient revenus au salon pour la traditionnelle « cup of thea ». Je demandai à l'assemblée :
- Jane avait-elle l'habitude de manger du chocolat ?
- Oui, c'était même son rituel avant d'aller se coucher. C'est pour ça que je lui ai offert une boîte de chocolats, me répondit William, son cousin.

Je trouvais la coïncidence étrange et je décidai de l'interroger.

- Alors vous connaissez Jane depuis tout petit ?

- Oui, ce n'est pas comme son petit ami, Edward, qui la connaît depuis à peine deux mois.

- Vous vous souciez souvent des petits amis de votre cousine ?, interrogeai-je.

- J'aimerais la protéger, je suis un peu jaloux de ses petits copains. Jane est comme une sœur pour moi.

- « Ses » petits copains...

- Oui et parfois 2 en même temps ! Jane n'avait que des airs d'une petite fille sage... Plein de garçons lui tournaient autour, Edward en était fou de rage.

Il dit la dernière phrase avec un rictus.

- Vous ne l'aimez pas beaucoup, n'est-ce pas ?

- Non ! Comme presque tous ses petits copains, elle me taquinait toujours avec ça !

Une chose était sûre, une grande amitié était née entre eux... Voire peut-être plus que de l'amitié pour William.

Après, Mme Doyle me proposa de dormir au manoir. Je refusai mais demandai à mon assistant de veiller sur ce petit monde. Je lui promis d'arriver le lendemain, à l'aube.

Mon réveil resta silencieux. J'arrivai donc à onze heures au 2, Old Exeter Road. Toute une équipe de policiers était déjà sur les lieux. Je demandai à mon assistant ce qu'il s'était passé. Et il m'expliqua qu'il était environ minuit et demi quand il avait entendu du bruit dans la chambre de Jane. Il était entré et avait vu Edward en train de cacher quelque chose. Edward prétexta qu'il voulait se recueillir... En plein milieu de la nuit. Mon assistant le tint sous bonne garde. Ensuite, il appela le service technique de la police afin de prendre les empreintes. Il me rétorqua :

- On aurait dû faire ça depuis le début, Miss Scott, vos méthodes à l'ancienne, ça ne marche que dans les livres.

- Et vos policiers, ont-ils trouvé quelque chose ?, répliquai-je.

- C'est-à-dire que... Edward a mis ses empreintes digitales partout et nous ne trouvons rien d'autre.

Je renvoyai les policiers et interrogeai Edward :

- Que faisiez-vous dans la chambre de Jane en plein milieu de la nuit ?

Comme à mon habitude, je ne me perdais pas en détail.

- Je l'ai déjà dit, je me recueillais.

- À minuit et demi ? Écoutez Edward, je vous conseille de me dire tout ce que vous savez et vous en savez beaucoup plus que ce que vous voulez me faire croire.

C'était un jeune homme maigre et facilement impressionnable. Il me révéla ceci :

- En fait, le soir de la mort de Jane, elle m'a avoué qu'elle voulait me quitter. Son cousin William lui faisait des avances depuis longtemps et elle avait cédé.

Edward avait les larmes aux yeux, il était vraiment amoureux d'elle.

- Merci Edward. Allez me chercher Georges, s'il vous plaît.

Je le laissai tranquille même s'il n'avait pas répondu à ma question.

L'oncle de Jane entra quelques instants plus tard. C'était un homme fort à l'air jovial. Il s'installa et je demandai :

- Je connais votre différend avec votre frère, ce n'est pas pour ça que vous êtes ici. William faisait des avances à Jane, le saviez-vous ?

Après un long moment, il me dit :

- Oui, mais j'ai toujours été contre. D'abord parce qu'ils sont cousins germains et ensuite parce que, si mon fils et ma nièce sortaient ensemble, j'aurais eu des contacts avec James.

- Vous êtes en train de me dire que vous avez un double mobile : en tuant Jane, vous vengez votre femme et votre deuxième fils, Andrew, et vous empêchez William de sortir avec Jane.

William entra dans la pièce sans frapper :

- Edward m'a tout raconté, Jane l'a bien quitté mais pas pour sortir avec moi comme il le pensait. J'étais dans ma chambre quand Jane est venue me dire qu'elle refusait une bonne fois pour toutes de sortir avec moi. Elle me demandait d'arrêter mes avances.

William partit comme il était venu. L'hypothèse du double mobile de Georges ne tenait plus debout. Mais il aurait très bien pu croire comme Edward que Jane et William sortaient ensemble. Je le gardais donc sur la liste des suspects. Quant à William, il aurait très bien pu tuer sa cousine par crise de jalousie au même titre que Edward. J'étais perdue dans mes pensées quand un flash me fit cligner des yeux, quelqu'un me photographiait. C'était un journaliste de la gazette locale.

- Votre enquête avance Miss Scott ? dit-il tandis qu'il sortait son calepin

- J'avais interdit les journalistes, je veux être au calme. Si vous tenez absolument à faire un article, faites-le après les résultats de l'enquête.

- Ne vous inquiétez pas. Mary, la sœur de la victime a été plus bavarde que vous, elle m'a assez renseigné pour que ce fait divers fasse la Une.

Je lui arrachai presque le calepin des mains. Les questions étaient classiques et les réponses tout autant. Cependant, quelque chose attira mon attention. Mary avait déclaré : « J'étais dans la chambre de Jane à onze heures, soit une demi-heure avant sa mort. Nous faisions souvent ça quand l'une de nous se sentait mal. »

- Êtes-vous sûr qu'elle a dit ça ?, demandai-je.
- Absolument. Je pense qu'elle a remarqué qu'elle avait fait une bêtise, car elle ne voulait plus en parler.

Jusqu'à preuve du contraire, Mary était la dernière personne à avoir vu Jane vivante. J'avais un peu oublié Mary en me disant que retirer le poison de la fleur de ciguë était trop compliqué pour une adolescente de quinze ans... Je m'étais peut-être trompée.

Avant de réinterroger Mary, il fallait questionner une dernière personne, Victoria, la marraine de Jane. Avec des airs d'Audrey Hepburn, Victoria avait une classe naturelle. Je posai les questions classiques.
- Vous vous entendiez bien avec Jane ?
- Si je ne l'aimais pas, vous pensez que je serais revenue de France pour son anniversaire ?
Elle avait un léger accent français et une pointe d'irritation.
- Comment êtes-vous devenue la marraine de Jane ?
- Grâce à Élizabeth. Nous étions meilleures amies à l'époque.
- Pourquoi « à l'époque » ?, demandai-je.
- Après la naissance de Jane, je suis partie vivre en France avec mon époux. Peu à peu, nous sommes devenues moins proches, mais nous avons toujours gardé contact.
- Si vous vous étiez un peu perdues de vue, pourquoi êtes-

vous venue à l'anniversaire de Jane ?

- Je... Je ne suis pas censée vous le dire, mais James devient dépressif et alcoolique. Je suis médecin, donc Élizabeth m'a demandé de l'examiner sous le prétexte des vingt ans de Jane. Elle voulait quelqu'un de confiance. Je pense que James veut s'en sortir, il suit mes conseils. Par exemple, le jour de l'anniversaire, il s'était saoulé, alors je lui ai conseillé de prendre l'air... Même si...

- Même si quoi ?

- Même si je trouve qu'il est resté longtemps dehors, alors que le match de cricket commençait. James déteste rater le début d'un match.

Une idée germa dans mon esprit : « Ivre, James aurait-il pu tuer sa fille ? » J'envisageai de méditer sur tout ça chez moi. À la moitié du chemin, je me rendis compte que j'avais oublié mon manteau. Les résidents du manoir devaient être en train de manger. J'entrai donc par la porte de derrière. Au détour d'un rosier, j'entendis une conversation entre Victoria et Edward.

- Alors, qu'as-tu dit à l'inspectrice ?

C'était la voix de Edward.

- Rien de spécial. J'ai même dirigé les soupçons vers James.

- Tu ne lui as pas dit que Jane avait été te rendre visite à Lectoure ?

- À ton avis ? J'aimais ma filleule autant que toi, je n'ai pas envie que l'inspectrice découvre tout !

J'en avais déjà trop entendu. Je sortis le plus discrètement possible.

De retour chez moi, ma décision fut vite prise. Si ni Victoria ni Edward ne voulaient que j'aille en France, c'est exactement là que j'irais.

En une nuit, mon voyage était préparé et, au matin, je téléphonai à mon assistant pour qu'il surveille le manoir. Peut-être mon voyage ne servirait-il à rien, mais « si on n'essaie pas, on ne sait pas. »

Dans le train pour Paris, je consultai mes fiches. Je découvris que chaque personne aurait pu tuer Jane. William faisait des études en biologie, il aurait donc très bien pu retirer le poison de la ciguë. Et n'avait-il pas offert cette boîte de chocolats pour éloigner mes soupçons ? Georges avait deux mobiles pour tuer sa nièce. Malgré ses quinze ans, Mary était futée, et sa déclaration au journaliste me faisait douter de son innocence. Victoria était médecin, elle aurait pu facilement extraire le poison. Elle était trop lisse pour être honnête, et sa conversation avec Edward l'avait peut-être trahie. Quant à lui, il s'était retrouvé dans la chambre de Jane en plein milieu de la nuit. Aurait-il pu tuer sa copine par jalousie ? Et la révélation de Victoria était-elle vraie ? J'étais en plein dans mes réflexions quand le train annonça que j'étais arrivée à Paris.

Après quelques heures de trajet jusqu'à Lectoure, j'arrivai à l'hôtel, la maison d'Anne d'Autriche, en fin de soirée. Le lendemain, je me baladai dans la ville. Après le brouillard anglais, le soleil du sud de la France m'emplit de bonheur. Je visitai la fête annuelle du melon. Je demandai aux Lectourois, avec l'aide du dictionnaire anglais-français, s'ils connaissaient le médecin Victoria Watson. Ils me répondirent que oui. C'était le médecin le plus apprécié de la région. Elle avait un cabinet avec son beau-frère. Je m'y rendis.

La salle d'attente était bondée et celui-ci me demanda de revenir après vingt heures. En l'absence de Victoria, il était débordé. Cela me laissait neuf heures pour visiter Lectoure. La cathédrale Saint-Gervais, l'hôpital, ancien château des Comtes d'Armagnac, la fontaine Diane et le musée archéologique n'avaient plus de secrets pour moi. À 20 h 30, Clément m'accueillit. Heureusement, il était parfait bilingue et je pus m'exprimer dans ma langue maternelle :
- Depuis combien de temps travaillez-vous avec Victoria ?
- Cela fait quinze ans. Quand mon frère et Victoria ont divorcé, nous avons longuement hésité à continuer notre collaboration, mais nous nous sommes dit que se faire concurrence n'était pas une bonne idée.
- Vous souvenez-vous de la filleule de Victoria, Jane ?
- Oui, elle est venue il y a quelques jours, une très belle jeune fille.

- Avait-elle des comportements particuliers ?

- Non, pas que je me souvienne... Ah si, après être restées longtemps dans le bureau de Victoria, elles sont sorties toutes les deux livides, je voyais que Jane avait pleuré. Mais pourquoi toutes ces questions ?

Après l'annonce de la mort de Jane, je lui demandai de m'ouvrir la porte du bureau de Victoria. J'étais convaincue que la clé du mystère se cachait là.

Dans le cabinet de Victoria, je découvris un dossier sur sa filleule. Je le lus et découvris tout. Je remerciai Clément et partis immédiatement à la gare. Je voulais être rentrée en Angleterre au plus vite.

J'atteignis Tavistock à l'aube. Élizabeth était déjà réveillée. J'entrai et la vis pleurer à la cuisine. Elle était toujours sous le choc de la mort de sa fille.

- Pourquoi est-ce tombé sur Jane ? Pourquoi ? Elle avait tout !

Trop occupée par l'enquête, j'avais mis de côté la psychologie. J'essayai donc de la réconforter, sans grand succès.

Je ne pouvais pas attendre plus longtemps et je réveillai tout le monde. Tous installés dans le salon, je leur dis :

- Jane est morte non pas parce qu'on l'a tuée... mais parce qu'elle s'est suicidée.

Un cri d'effroi parcourut l'assemblée.

- Mais... Pourquoi ? demanda Georges, livide.

- Votre nièce avait la maladie de Charcot. Cette maladie où l'on devient paralysé petit à petit, jusqu'aux poumons qui arrêtent de fonctionner. On s'arrête alors de respirer et on meurt étouffé. Le processus peut prendre des années. Jane préférait abréger ses souffrances que de mourir à petit feu.

- N'y a-il aucun traitement ?, questionna Edward

- Ne faites pas l'innocent, dis-je, vous saviez très bien ce qui est arrivé à Jane. Voilà ce qui a dû se passer : Jane se sentait tomber de plus en plus souvent, elle voulait faire appel à une personne de confiance. Sous le prétexte d'une semaine de vacances en France, elle a demandé à sa marraine de l'examiner. Quand Jane a appris la terrible nouvelle, ce fut le choc. De retour chez elle pour ses vingt ans, la jeune fille savait qu'elle voyait ses proches pour la dernière fois. Elle avait décidé de couper les ponts avec William et de rompre avec Edward, qu'elle aimait pourtant beaucoup. Elle s'apprêtait à avaler la ciguë, cueillie quelques heures plus tôt pendant la dispute entre son père et son oncle, quand quelqu'un a frappé à la porte. Jane a juste eu le temps de cacher la ciguë dans le tiroir de sa table de nuit, avant que Mary entre. La cadette trouvait que sa sœur n'était pas en forme et venait lui confier ses inquiétudes. Bien que Jane essayât de rassurer sa sœur, Mary s'est doutée de quelque chose. Elle est retournée dans sa chambre, déçue. Pour plus de sûreté, Jane a imprégné de ciguë un morceau de chocolat offert par son cousin et l'a avalé. Une minute plus tard, Edward est entré dans la chambre de son ex-petite amie. Il voulait connaître les raisons exactes de leur rupture et lui déclarer son amour. Puisque Jane avait déjà avalé le poison, elle a tout raconté à Edward. Elle est devenue de plus en plus faible. Le poison a mis une heure à agir. Une heure pour mourir au lieu d'une vie entière. Au moment de sa mort, Edward était près d'elle. Je pense qu'elle était sereine.

Edward se leva et dit :
- Tout cela est vrai, à un détail près : Jane était à l'agonie quand une deuxième personne est entrée dans la chambre. Victoria avait eu un pressentiment, justifié, et voulait le vérifier. Elle était avec moi à la mort de Jane. Pendant sa dernière heure, Jane m'a dicté des lettres pour chacun de vous, car elle était trop faible pour le faire elle-même. Elle m'a fait promettre de les donner quand tout le monde serait au courant.

Il distribua une lettre à chacun, même à moi.

Cher(e) inspecteur (trice)
Je ne vous connais pas, mais si vous lisez cette lettre, c'est que vous avez réussi votre enquête. Félicitations ! J'adore les romans d'Agatha Christie et d'Arthur Conan Doyle. Je serai

l'héroïne de ma propre histoire.
Cordialement,
Jane

Dangereuse gourmandise

Eva Sanchez
(Catégorie jeune)

Un silence lourd s'était installé dans la salle. Tout le monde attendait avec impatience les résultats. Le cœur de Eléonore battait la chamade. Grande amatrice de chocolat, elle espérait de toutes ses forces que l'artisan lectourois gagnerait le prix de « meilleure chocolaterie gersoise ».

Chez les candidats également, la tension était palpable. Cinq artisans d'élite, trois hommes, deux femmes, s'étaient affrontés dans cette compétition acharnée ; et c'était l'instant de vérité. Qui allait gagner ? Était-ce le chocolatier de « Sourires et chocolats », qui avait réalisé un superbe serpent en chocolat praliné qui paraissait ramper dans son plat ? Ou bien, la lectouroise de « Madame Baudequin », qui avait confectionné un cacaoyer au lait où pendait une multitude de cabosses au chocolat noir ?

Enfin, un des jurés se leva, solennel, et annonça : « Les candidats excellent tous dans leur domaine, mais seulement l'un d'entre eux sera désigné meilleur chocolatier du Gers. Après avoir longuement délibéré, le jury et moi avons décidé que, cette année, le titre serait décerné à… il marqua une pause, Madame Solis ! »

Un tonnerre d'applaudissements éclata dans la salle. La Lectouroise s'avança, émue et une superbe coupe en cristal lui fut remise. Eléonore partageait sa joie. Les attachés de presse mitraillèrent la gagnante. S'ensuivirent les remerciements aux organisateurs ainsi que la remise des prix aux autres candidats. Puis la salle commença à se vider. Eléonore quitta la salle, un grand sourire aux lèvres. Elle-même native de Lectoure, elle adorait la chocolaterie « Madame Baudequin » et s'y rendait régulièrement dès que son métier de policière le lui permettait.

Quelques jours plus tard, alors qu'elle était à son bureau, la jeune femme reçut un appel. Aussitôt après avoir raccroché, elle bondit de sa chaise et courut jusqu'à sa voiture de fonction. Son collègue déclencha la sirène puis ils partirent à toute vitesse. Ils se garèrent près de la cathédrale Saint-Gervais et marchèrent jusqu'à la boutique de Madame Solis.

Une femme était assise sur un tabouret près du comptoir, les mains sur le visage, sanglotante. Elle portait un tablier blanc sur lequel était écrit « Madame Baudequin », le même que celui qu'elle avait lorsqu'elle avait remporté le concours.

« Police, Madame. On nous a signalé un cambriolage. »

Madame Solis leva la tête, les yeux rougis par les larmes. Essuyant ses joues mouillées, elle dit d'une voix étranglée :

« C'est moi qui ai appelé. »

Le collègue de Eléonore alla inspecter les lieux tandis qu'elle interrogeait la femme.

« Pouvez-vous lister tout ce qui a été volé ? demanda-t-elle.

– Oui, répondit-elle d'une petite voix, seule la coupe de cristal manque.

– En êtes-vous sûre ? Et le tiroir-caisse ?

– Il est vidé chaque soir, donc il n'y avait rien dedans.

– La coupe était en cristal véritable ?

– Oui, un des jurés me l'a certifié lors du concours.

– Quand avez-vous constaté la disparition de votre prix ?

– Ce matin, lorsque je suis arrivée, vers huit heures quarante-cinq.

– Quand l'avez-vous vu pour la dernière fois ?

- C'était, elle réfléchit, hier soir ; aux alentours de dix-neuf heures trente.

- Où était posée la coupe ?

- Là, désigna-t-elle en pointant du doigt une étagère, je la montrais aux clients qui venaient.

- Une dernière chose, entreteniez-vous de bons rapports avec vos concurrents, lors du concours ?

– Je ne les voyais pas beaucoup, j'étais concentrée sur la compétition. »

Eléonore remercia la chocolatière pour les renseignements qui allaient lui être précieux pour l'enquête. Elle inspecta la serrure, qui avait visiblement été forcée. Son collègue vint la chercher et ils reprirent la route pour le commissariat. Eléonore l'informa du témoignage de Madame Solis. Quant à lui, il avait interrogé les commerces à proximité mais personne ne semblait avoir aperçu le voleur ; il avait donc lancé un appel à témoins.

« Peut-être qu'un client, connaisseur en pierres, aurait aperçu la coupe dans la chocolaterie et aurait voulu la revendre au marché noir ? Ou bien, un des quatre perdants du concours, qui aurait été jaloux ?

- Ou alors... c'est Madame Solis, répondit son collègue.

– Madame Solis ? Mais pourquoi aurait-elle fait ça ?

– Pour toucher une indemnité des assurances. »

Arrivés au poste, Eléonore établit une liste de suspects. Les chocolatiers du concours furent les premiers inscrits.

L'enquête piétinait. Quelques jours plus tard, alors que tous les suspects avaient été interrogés, en vain, le mystère s'épaississait.

C'est alors qu'un jeune homme, particulièrement grand, entra dans le bureau de Eléonore.

« Bonjour. Votre collègue m'a dit de venir ici. Je m'appelle Georges Hassi. Je viens pour l'appel à témoin.

– Bonjour. Commençons tout de suite, répondit la policière, ravie de pouvoir faire avancer l'enquête.

– Il devait être deux heures du matin lorsque je me suis réveillé, raconta-t-il. Je me suis préparé pour aller travailler.

– Quel métier exercez-vous ?

– Je suis infirmier.

– Bien, continuez.

– Environ une heure plus tard, j'ai quitté mon appartement situé non loin de la chocolaterie « Madame Baudequin ». En passant devant, j'ai aperçu une personne qui rôdait.

– Pourriez-vous décrire cette personne ? Auriez-vous remarqué un détail qui pourrait nous être utile ?

– Il faisait sombre, je ne l'ai pas bien vu. Mais il me semble qu'elle avait à peu près la même taille que moi. Je crois qu'elle portait un blouson en cuir brun. »

Eléonore enregistra la déposition de l'unique témoin. Elle vérifia son alibi puis examina le profil de chacun des suspects. Deux d'entre eux avaient la grandeur du témoin. Il y avait l'autre femme du concours, qui avait fini dernière et un homme, un certain Tom Summer, qui attira l'attention de Eléonore. En effet, il avait un casier judiciaire rempli de plusieurs cambriolages. De plus, il était arrivé en deuxième position, il aurait pu trouver le classement injuste et vouloir se venger.

Quelques minutes plus tard, Eléonore et son collègue étaient en route pour la chocolaterie du suspect. Lorsqu'ils entrèrent, un délicieux parfum de chocolat leur chatouilla les narines.

« Je vous sers quelque chose, Monsieur ? demanda un homme derrière le comptoir. J'ai des chocolats au piment, à la praline, aux noisettes...

« – Non merci, répondit l'associé de police visiblement gêné.

– Mais si, ils sont délicieux ! Allez-y, essayez, tenta Monsieur Summer. Tant qu'on n'essaie pas, on ne sait pas ! »

Eléonore remarqua une porte entrouverte derrière laquelle se trouvait une cuisine. Elle vit une chaise où était posé un blouson en cuir ébène. Aussitôt, elle demanda au suspect de les suivre au poste.

Il fut emmené en salle d'interrogatoire mais nia les faits. Après quelques coups de fils, la policière obtint un mandat d'arrêt.

Plus tard, dans l'immeuble du chocolatier, le concierge vint ouvrir l'appartement de Monsieur Summer. L'enquêtrice et son collègue débutèrent les fouilles dans le salon au style frais et épuré. Le canapé fut retourné, les tiroirs passés au crible, en vain. La policière inspecta la cuisine, la salle de bains puis la chambre du suspect. C'est dans cette dernière que fut découverte une boîte en métal de taille moyenne, qui aurait très bien pu contenir la coupe. Avec une certaine excitation, Eléonore l'ouvrit lentement. Elle ne put s'empêcher de lâcher un petit cri de joie lorsqu'elle découvrit la magnifique récompense de cristal. Elle la brandit et se précipita sur son collègue, victorieuse. Elle lui montra le prix qui paraissait rayonner dans la lumière.

Revenus au poste, ils contactèrent le centre de détention provisoire où le voleur séjourna jusqu'au procès.

<u>FIN</u>

Les ceps de sang.

Il va de soi, dans cette fiction, que ni les événements ni les personnages ne correspondent à des cas réels. En revanche, que certains détails factuels soient réalistes, personne ne le niera.

Juin 2015

Michel Destoges est viticulteur à Viella sur le domaine que son père lui a transmis. Il exploite trois hectares et demi de vignoble divisés en huit parcelles. La vigne du Tréboulet est l'emblème du domaine, elle est plantée exclusivement de Tannat qui assure la production d'un Madiran fort réputé.
En quelques mois, Michel a trouvé à cinq reprises, une paire de ceps coupés à ras le sol. Jamais ceci ne s'est produit sur une autre de ses terres. Qui peut vandaliser cette vigne ? Pourquoi ? Il ne comprend pas et n'a aucune idée de qui peut en vouloir à sa vigne ou à lui-même. Ces incidents, tels qu'il les nomme, il en a seulement parlé à sa femme, Sylvie, qui ne voit pas d'avantage ce qui peut motiver l'auteur de ce forfait. Leur fille Mélanie, passionnée par le vin, prépare un diplôme d'œnologie à l'IUVV Jules Guyot de Dijon dans le

but de travailler ensuite avec son père. Pour l'instant elle ne sait rien de toute cette histoire. Ses parents ne lui en ont rien dit, afin de préserver la sérénité de ses études.

Le 12 juin, Michel arrive à sa vigne du Tréboulet vers huit heures. Il remarque tout de suite la position anormale de quelques ceps et c'est avec consternation qu'il voit les dégâts. Une quinzaine de pieds ont été sectionnés. Lui, qui se donne tant à ses vignes est anéanti. Silencieux jusque-là sur ces méfaits, il décide alors que c'en est assez et part déposer une plainte à la gendarmerie de Riscle où le fonctionnaire qui prend sa déposition lui demande de ne rien toucher avant qu'il ne vienne, car il se déplacera pour effectuer les contrôles visuels d'usage. Michel est de retour vers dix heures et se met à l'épamprage de sa vigne qu'il est temps de réaliser.

Quelques jours passent, les gendarmes sont venus constater les dégâts. Ils n'ont pas encore donné suite. Michel s'est également occupé de ses autres parcelles. Le dix-huit juin, il retourne travailler sur sa parcelle du Tréboulet. À son soulagement tous les ceps sont entiers.

Non loin de là, Denis qui affectionne cette région de petites collines a décidé de parcourir le chemin de randonnée « L'Estrem Débat » balisé par la Mairie. Trois petites heures de marche. Pour Denis c'est une promenade de santé, son terrain favori étant les Pyrénées toutes proches. Il est parti équipé d'un sac léger, emportant néanmoins son appareil reflex qui l'accompagne presque toujours en balade. Très amateur de virées pédestres, il est aussi passionné par la photo. Le temps est radieux et il profite des belles lumières matinales pour quelques plans grand-angle des vignobles de Viella.

Midi a sonné au clocher, Sylvie et Mélanie, qui bénéficie d'une semaine d'interruption de ses cours, ont préparé le repas. Michel pourtant si ponctuel n'est pas encore rentré. Il a pu rencontrer une connaissance et discuter. Bien que ce ne soit pas dans ses habitudes, cela lui arrive de temps à autre. 12 h 30, il n'est toujours pas de retour. Sa fille, inquiète, prend son vélo et se dirige vers la vigne du Tréboulet. Elle arrive rapidement sur place, la voiture de Michel y est garée, Mélanie roule rapidement en bout des rangées de vigne afin de voir dans laquelle est son père, trouvant très étrange qu'il n'ait pas remarqué l'heure. Elle l'aperçoit tout au fond de la sixième rangée, allongé au sol. Elle pressent quelque chose de grave, contourne la vigne par le petit chemin avec son vélo. Il ne lui faut qu'un très court laps de temps pour le rejoindre. Elle trouve son père couché sur le flanc, inanimé et voit son tee-shirt trempé de sang. À Dijon, elle a suivi une formation « Prévention et Secours Civiques de niveau 1 » en pensant que cela pourrait toujours être utile, elle cherche le pouls mais ne trouve rien. Elle en conclut que son père est mort et crie son désarroi. La vigne étant à cinq minutes du village, elle n'a pas pris son téléphone portable. Paniquée, elle hésite sur la conduite à tenir. Elle décide que la priorité est de prévenir les autorités. Elle laisse son père gisant là, enfourche son vélo et fonce vers la maison. Sa mère la voit arriver comme un diable et n'a pas le temps d'ouvrir la bouche que Mélanie lui implore de prévenir les gendarmes et de les envoyer à la vigne du Tréboulet. Sans un mot de plus, elle fait demi-tour et retourne auprès du corps. Devant l'évidente gravité de la situation, Sylvie s'exécute sans comprendre et prend elle-même sa voiture pour se rendre sur place. Elle repère vite Mélanie, court vers elle et voyant le cadavre de Michel s'effondre en larmes.

Dans les minutes suivantes, les gendarmes arrivent. Trouvant rapidement Sylvie, Mélanie et Michel, ils comprennent très vite ce qui est arrivé. Ils inspectent la scène, prennent quelques photos et font les premiers constats. Ils appellent ensuite un médecin légiste pour l'auscultation du corps de la victime. Il est quatorze heures lorsque le docteur Delémy arrive d'Auch. Celui-ci observe que la victime a vraisemblablement été tuée par arme blanche. La blessure est située en haut du thorax légèrement sur la gauche. Selon lui, La mort a été très rapide. Il estime que le décès est intervenu il y a quatre à cinq heures, soit en début de matinée. Aucun couteau n'est retrouvé sur place, mais deux gouttes de sang au sol sont repérées et semblent indiquer dans quelle direction est parti l'assassin. Des échantillons des taches sont prélevés pour analyse, C'est peu probable, mais elles pourraient être du sang de l'assassin. Les gendarmes prennent encore quelques notes, puis le corps de Michel est emmené à l'institut médico-légal de Toulouse par l'ambulance des sapeurs-pompiers arrivée entre-temps.

23 avril 2015

Michel a quarante ans aujourd'hui. Pour la circonstance il a revêtu son smoking et il a réuni chez lui sa famille et Arnaud, son ami de toujours. Sa femme, quant à elle, porte la robe noire qu'il aime tant. Ils sont dix autour de la table, Sylvie, Mélanie, Michel, son frère Albert et sa femme Yvonne avec leurs deux enfants Aude et Émilien ainsi que la copine de ce dernier Édith. Le père de Michel, ainsi qu'Arnaud complètent la petite assemblée. L'apéritif a aussi été le moment où l'on a offert à Michel quelques cadeaux en lui souhaitant longue vie et bon vin. La conversation est animée, les sujets sont variés. Sylvie a mis « les petits plats dans les grands » et tous apprécient ce qu'elle sert. Le vin est également des meilleurs, Michel a sorti de sa cave quelques-unes de ses fameuses bouteilles. Au dessert, un tiramisu accompagné de Champagne ravit les convives. Les esprits sont quelque peu échauffés et les propos glissent sur la vigne, le vin et plus généralement les vignobles. Yvonne qui jusque-là est restée comme à son habitude assez discrète décoche sans prévenir une petite flèche que personne n'a vu venir.

– Ce n'est pas Albert qui a eu la chance de recevoir ce domaine !

Elle dit cela en référence à la propriété de Michel. Albert est surpris par cette assertion et intervient à son tour.

– Yvonne, enfin que dis-tu, je ne l'ai jamais voulu et je suis bien aise que Michel poursuive le beau de travail de papa.

Yvonne s'excuse de sa remarque qu'elle dit idiote... mais irrattrapable et ineffaçable.

– Désolée, c'est venu sans réfléchir. Trinquons dit-elle en levant sa coupe de champagne.

La petite fête continue mais quelque chose n'y est plus, il y a eu comme une cassure. Le même soir, après un buffet froid, les convives prennent congé de leurs hôtes. Mélanie est partie en fin d'après-midi car elle doit être à Dijon le lendemain matin pour ses cours. Arnaud est le dernier à quitter les lieux, il a voulu discuter avec Michel et Sylvie des derniers détails avant la commercialisation prochaine du Madiran millésime 2013.

Michel et Sylvie sont maintenant seuls et Michel revient sur la petite phrase d'Yvonne qui a un peu terni l'anniversaire. Sylvie n'y accorde pas trop d'importance, faisant remarquer que sa belle-sœur avait bu et n'était plus tout à fait elle-même.

– Oui mais je ne pense pas qu'elle était ivre au point de ne plus savoir ce qu'elle disait.

– Tu connais ta belle-sœur, elle aime boire, mais ne tient pas l'alcool et a toujours été un peu jalouse, bien que ton frère n'ait jamais eu beaucoup d'ambition pour viser plus haut que son travail de cariste et lors du partage il n'a pas été sans rien avec les maisons et les terres de culture.

– Tu as sans doute raison en disant cela mais si on pense aux ceps coupés, ces paroles pourraient ne pas être aussi involontaires qu'elle l'a prétendu.

– Oh, ne l'accuse pas sans savoir, ne va pas trop vite en besogne !

Leur discussion sur ce sujet s'arrête là car Sylvie pointe vers Michel, un regard qu'il lui connaît bien et ajoute :

– J'ai maintenant pour toi un petit cadeau que je ne pouvais pas te faire devant nos invités.

Elle a dit cela avec son petit sourire espiègle. Michel se place dans son dos et il la prend un moment dans ses bras. Quand il desserre son étreinte c'est pour s'en prendre aux boutons qui ferment sa robe. Il ouvre alors délicatement le premier puis les suivants et le vêtement fini par tomber aux pieds de la femme. Il comprend alors tout le sens du mot cadeau.

– Es-tu dans cette tenue depuis ce matin ?

– Bien sûr, mon chéri, il y a tellement longtemps que tu en rêves !

Michel la prend alors dans ses bras et la porte vers leur chambre. À peine entrés, il la dépose. Toujours dos à lui, elle sent le souffle chaud de Michel sur sa nuque. Il lui fait une petite bise derrière l'oreille, chose qu'elle adore, puis il la pousse délicatement vers le lit. Ils ne s'endormiront dans les bras l'un de l'autre que bien plus tard...

22 juin 2015

L'autopsie du corps de Michel n'a pas révélé beaucoup d'indices supplémentaires à ceux que le docteur Delémy avait observés le jour du meurtre. Il apparaît seulement que l'unique coup a été porté avec un objet à lame tranchante d'environ quinze centimètres de longueur. Les deux gouttes de sang analysées se sont avérées être de Michel.

Les gendarmes ont mené une première enquête, ils ont rencontré le maire du village, surpris par cet assassinat et incapable d'orienter l'enquête vers quelque direction que ce soit. Les hommes de loi ont également assisté aux obsèques et n'ont rien remarqué de suspect dans la foule présente. Les gendarmes sont plutôt tentés de croire à un différend familial et vont donc entendre les proches de Michel. Il n'avait qu'un frère, marié, un neveu, une nièce et son père veuf. Sylvie sa femme est fille unique et elle a perdu ses parents dans un accident de la route il y a plus de quinze ans.

Michel n'avait pas non plus beaucoup d'amis, on ne lui en connaissait qu'un : Arnaud.

Les gendarmes sont deux brigadiers qui ont constaté le décès et enregistré la déposition du maire, désormais aidés par le capitaine Aurélien Martel, officier de police judiciaire. L'un des brigadiers assure la fonction de greffier et le second assiste aux entretiens de manière passive. Les trois hommes ont en effet décidé que seul le capitaine enquêterait.

Ils ont convoqué à la gendarmerie de Riscle, Albert, sa femme, leurs enfants et le père de Michel. Ils feront venir Arnaud ultérieurement, si besoin. Le bureau possède deux issues, de sorte que les prévenus interrogés n'entrent pas en contact avec ceux qui n'ont pas encore été entendus. Ils entendent en premier lieu le père de Michel. Le capitaine débute par une question large après avoir fait décliner les, nom, prénom et adresse d'Hubert.

– Pensez-vous que votre fils pouvait être envié ou jalousé par une personne que vous connaissez ?

– Michel était plutôt solitaire, sa femme, sa fille et ses vignes étaient à peu près ses uniques préoccupations. S'il a eu des ennuis avec quiconque, il ne s'en est jamais ouvert à moi.

– Vos deux fils s'entendaient-ils bien ?

– Bien, je n'irai pas jusque-là. Ils se fréquentaient à l'occasion mais sans plus. Autant Michel avait du caractère et était travailleur, autant son frère Albert n'a jamais eu d'ambition même si Yvonne a tenté au début de leur mariage de faire bouger les choses.

– Je n'ai aucun motif de vous soupçonner, néanmoins je suis obligé de vous demander où vous étiez le 18 juin entre 8 heures et 10 heures ?

– Chez moi, à Riscle, comme je vis seul, personne ne peut en témoigner, je vous assure de cette vérité en toute bonne foi.

– Je comprends bien ! Je ne vous retiendrai pas plus longtemps et je vous remercie de votre franchise.

Le capitaine ne pensait pas que cet interrogatoire lui permettrait d'en apprendre beaucoup mais le résultat n'est pas insignifiant. Il lui faut maintenant entendre Albert, Yvonne, Aude et Émilien et il réfléchit à l'ordre dans lequel il va les interroger. Après un petit tour de table à trois, il est décidé d'entendre d'abord les enfants à commencer par Aude.

Le capitaine la fait entrer dans le bureau et l'invite à s'asseoir face à lui.

– Madame, veuillez décliner vos, nom, prénom, adresse et profession ?

– Aude Destoges 155 route de Gascogne à Saint Mont, secrétaire médicale à Riscle.

– Ma première question sera directe, où étiez-vous le 18 juin entre 8 heures et 10 heures ?

– À mon travail au cabinet du Docteur Jaclot.

– Comment décririez-vous votre oncle ?

– C'était aussi mon parrain, je ne le voyais que très peu, trois à quatre fois dans l'année. Sa famille n'a pas le même niveau de vie que la nôtre, de ce fait nos rapports étaient un peu distants et ma mère ne l'aimait pas.

– Tiens donc, pouvez-vous nous expliquer pourquoi ?

– Il a eu la chance d'hériter du domaine vinicole qui selon elle aurait dû revenir à mon père.

– Et quel est votre avis sur cette vision des choses

– J'ai longtemps pensé que papa n'a pas voulu ce domaine et j'en suis aujourd'hui persuadée car il me l'a dit récemment pour répondre à mes doutes suite à cet assassinat.

– Vous pensiez que votre père pouvait être impliqué

– Mais non, pas du tout, qu'allez vous chercher ?

– Ce sera tout, Madame, merci.

Les trois gendarmes sont perplexes. L'un des brigadiers pense que si tous sont aussi affables, le coupable sera démasqué quand ils auront entendu le frère et les parents d'Aude. Ils font entrer le frère d'Aude.

– Monsieur, veuillez décliner vos, nom, prénom, adresse et profession ?

– Émilien Destoges 155 route de Gascogne à Saint Mont, Technicien à Plaimont Producteurs, la cave coopérative du village.

– En quoi consiste exactement votre travail ?

– Nous conseillons et guidons nos viticulteurs sur l'ensemble des travaux à réaliser sur leurs parcelles, cela comprend la taille, les différents traitements, la récolte, etc.

– Votre oncle était-il l'un de vos vignerons ?

– Bien sûr que non ! Il n'a jamais voulu rejoindre Plaimont Producteurs, il était bien trop fier de produire et vinifier ses propres vins.

– Où étiez-vous le 18 juin entre 8 heures et 10 heures ?

– Chez l'un de mes vignerons.

– Peut-on savoir lequel ?

– Oui, j'étais à Aurensan chez Philippe Darmon, j'ai vérifié mon agenda depuis le meurtre, vous pensez bien ! Je savais que vous me poseriez la question.

– Bien, passons maintenant à vos rapports avec votre oncle. Que pouvez-vous nous dire ?

– Mon oncle et moi n'avons jamais été très proches. Nos idées sur la conception des vins étaient assez éloignées et chacun de nous campait sur ses positions. Nous évitions de parler de ce sujet lors de nos rares rencontres.

– Que diriez-vous de lui par rapport à votre père ?

– Il a tout eu et mon père rien !

– Merci, ce sera tout, vous pouvez disposer.

Les gendarmes restent stoïques, bien que surpris, ils ne disent rien. Ils attendent d'avoir terminé les cinq auditions avant de partager leurs impressions et font maintenant entrer Yvonne.

– Madame, nous vous entendons en tant que témoin dans l'enquête du meurtre de Michel Destoges votre beau-frère, veuillez décliner vos, nom, prénom, adresse et profession.

– Yvonne Destoges née Larmond 155 route de Gascogne à Saint Mont, employée de mairie à Aire-sur-Adour

– Quels étaient vos rapports avec votre beau-frère ?

– Je mentirais en disant que je l'appréciais : Il a hérité du domaine à la place d'Albert et a toujours considéré mon mari et moi-même comme de méprisables employés.

– Pourtant vous semblez mener avec votre famille une existence normale.

– Oui, même si cela n'a pas été facile tous les jours, surtout quand nos enfants faisaient leurs études. Aujourd'hui ils travaillent tous les deux alors c'est un peu plus facile.

– Avez-vous connaissance de quelqu'un qui aurait pu en vouloir à votre beau-frère ?

– Même si je lui en voulais beaucoup, je ne vois vraiment pas qui peut avoir fait ça.

– Où étiez-vous le 18 juin entre 8 heures et 10 heures ?

– Mais vous me soupçonnez ?

– Je vous demande de répondre à ma question

– J'étais à mon travail, vous pouvez vérifier, au moins dix personnes pourront l'attester !

– Merci Madame, nous reviendrons vers vous si nécessaire

– Eh bien, vous n'avez personne d'autre à emmerder ?

– Je vous prierai de rester polie. Vous pouvez disposer.

Le capitaine lui indique la sortie et Yvonne quitte le bureau en claquant la porte. Les gendarmes se regardent, leurs mimiques en disent long mais ils ne pipent mots. L'officier se lève pour appeler le frère de Michel. Albert a entendu les éclats de voix et demande :

– Qu'avez-vous fait à ma femme ?

– Asseyez-vous monsieur, ici, c'est moi qui pose les questions !

Albert se retrouve légèrement penaud et s'assoit comme on le lui demande.

– Pouvez-vous décliner vos, nom, prénom, adresse et profession ?

– Albert Destoges 155 route de Gascogne à Saint Mont, cariste-magasinier à Aire-sur-Adour

– Pouvez-vous nous préciser où vous vous trouviez le 18 juin entre 8 heures et 10 heures ?

– J'étais chez Point-P à mon travail.

– Étiez-vous proche de votre frère ?

– Oui et non, je l'aimais mais n'ai jamais eu son courage et sa volonté. Mon père lui a transmis le domaine après en avoir discuté avec nous deux et c'est d'un commun accord qu'il a été désigné successeur sur le domaine Destoges.

– Merci, ce sera tout.

Albert sort du bureau et les trois gendarmes sont dubitatifs.
L'un des brigadiers prend la parole :

– Je dirais que le dialogue laisse à désirer dans ce couple et
que ce n'est pas récent.

Le capitaine résume succinctement ce qu'ils viennent
d'apprendre avec ces cinq auditions.

– Nous avons deux suspects, le fils, Émilien et la mère
Yvonne. Je vous demanderai de vérifier leurs alibis
réciproques et peut-être devrons-nous entendre la petite
amie d'Émilien, Édith.

Après ces auditions, ils s'en vont déjeuner au d'Artagnan. À
leur retour, une femme est assise dans le hall de la
gendarmerie. Dès qu'ils entrent, elle se lève et les interpelle.

– Je suis venue vous parler de l'assassinat de Michel
Destoges

Le capitaine lui répond :

– Madame, je vous remercie de vous être déplacée. Je vous
demande deux petites minutes et nous allons vous entendre.

Les trois militaires discutent quelques instants de ce témoin
spontané et décident qu'ils ne prendront aucun risque en
écoutant cette dame, ils la font alors entrer dans le bureau et
l'invitent à s'asseoir. Le capitaine lui demande de décliner
son identité.

– Nicole Termignon 36 ans, mère au foyer, j'habite Viella.

– Bien, dites-nous maintenant ce que vous savez à propos du meurtre.

– Le 18 juin, tôt dans la matinée je promenais mon fils – Il fait ses dents, il avait passé une mauvaise nuit et il n'y a que les promenades en poussette qui l'apaisent – j'ai aperçu la voiture de Michel qui arrivait dans sa vigne du Tréboulet suivie quelques instants plus tard de celle d'Arnaud Lemoine.

Le capitaine l'interrompt.

– Vous connaissez Arnaud Lemoine ?

– Bien sûr, il était souvent avec Michel et il habite également Viella.

– Nous savons que Monsieur Lemoine était un ami de la victime. Qu'ils se soient vus ce matin-là n'a rien d'extraordinaire. Que savez-vous de plus ?

– Eh bien, ils se sont éloignés des voitures en discutant fort, ils ne semblaient pas vraiment d'accord sur le sujet qui les occupait.

– Et... ?

– J'avais un rendez-vous chez le médecin avec mon fils et je suis rentré à la maison pour nous préparer. Ce fait ne me semble pas anodin et j'ai jugé bon de vous en informer.

– Pouvez-vous nous préciser l'heure à laquelle vous avez vu les 2 hommes ensemble

– Entre 7 h 45 et 8 heures

– Merci Madame, votre information est importante et je vous remercie de vous être déplacée.

Après le départ de ce témoin, les gendarmes semblent avoir un peu plus d'éléments et sentent les mailles du filet se resserrer autour de l'assassin, bien qu'ils aient maintenant trois suspects.

Ils prennent la décision de convoquer sans délai Arnaud Lemoine afin d'entendre ce qu'il sait au sujet de l'homicide de Michel et quel alibi il aurait. Arnaud est célibataire, les gendarmes n'arrivent pas à le joindre, ils mettent quelques heures pour apprendre par son voisin qu'il s'est absenté une quinzaine jours pour un voyage, prévu de longue date, au Costa Rica. Pour l'entendre, ils n'ont d'autre choix que d'attendre son retour.

23 juin 2015

L'alibi d'Yvonne a été confirmé, huit de ses collègues ont assuré qu'elle était bien à son travail le 18 juin de 8 h 30 à 12 h 00. Il lui aurait fallu vingt minutes pour se rendre de la vigne de Michel à la mairie d'Aire-sur-Adour. Elle a donc difficilement pu tuer son beau-frère et se pointer à son travail à 8 h 30 sans que ses collègues aient remarqué quoi que ce soit d'étrange dans son comportement. Sans oublier qu'à 8 heures Arnaud était encore avec Michel.

Les gendarmes n'ont pas réussi à joindre M. Darmon pour corroborer l'alibi d'Émilien. Ils tentent encore une fois de l'appeler mais n'ont toujours aucune réponse, ils s'apprêtent alors à lui rendre visite, il n'y a qu'un quart d'heure de route entre Riscle et Aurensan.

Les deux brigadiers sortent du bureau, les clés d'un véhicule à la main. Dans le hall de la gendarmerie, leur collègue n'est pas à son poste et un homme d'une cinquantaine d'années attend que l'on veuille bien s'occuper de lui.

L'un des gendarmes s'adresse à lui.

– Bonjour Monsieur, en quoi pouvons-nous vous aider ?

– Eh bien... j'ai vu votre collègue de permanence qui est parti voir le capitaine Martel.

Sur ces entrefaites le gendarme de l'accueil revient accompagné de l'officier.

– Bonjour Monsieur, je vais vous entendre dès à présent et je vous prie de me suivre.

Il s'adresse alors aux deux brigadiers.

– Messieurs, écoutons ce monsieur avant de partir, joignez-vous à nous.

Les voici donc à nouveau dans le bureau, chacun reprend place et l'audition du témoin peut débuter, le capitaine prend la parole.

– Pouvez-vous décliner vos, nom, prénom, âge, adresse et profession

– Denis Vidal, 55 ans, 88 rue des Randonneurs à Toulouse, Cadre technique

– Vous auriez des informations à nous communiquer concernant le meurtre de M. Michel Destoges, est-ce bien exact ?

– Oui, et j'ai jugé celles-ci suffisamment importantes pour refaire le déplacement depuis Toulouse.

– Je vous écoute.

– J'étais à Viella le 18 juin au matin, le temps était radieux, j'avais depuis longtemps projeté de faire la petite randonnée « L'Estrem Débat » balisée par la mairie et j'ai profité d'être dans la région pour acheter quelques bonnes bouteilles. Lors de ma balade j'ai assisté, de loin, à une querelle dans les vignes. Sur le coup je n'y ai pas prêté attention et j'ai continué mon chemin prenant également quelques photos du vignoble. La photo est aussi une passion chez-moi.

– Continuez, vos informations me semblent intéressantes.

– Hier, j'ai lu sur le site de « La Dépêche du Midi » un article au sujet d'un crime commis dans les vignes de Viella et là ça a fait « tilt », j'ai fait le lien avec ce que j'avais vu de loin et comme mentionné en fin de l'article j'ai décidé de prendre rapidement contact avec vous. J'ai avec moi deux photos où l'on aperçoit les deux protagonistes de la querelle. J'ai également mis les deux clichés sur une clé USB que je peux vous confier.

Denis sort de son sac les photos format A4 et les tend au capitaine ainsi que la clé USB.

– Eh bien, merci monsieur, vous pourriez devenir enquêteur en persévérant quelque peu !

– Non, non c'est seulement que j'aime beaucoup les polars et les thrillers ; À force de lire ce genre de littérature, on pense savoir, un peu, comment ça se passe.

Le capitaine regarde maintenant les photos, il tend la clé USB au gendarme qui prend la déposition et celui-ci charge les photos sur l'ordinateur. Tous s'approchent de l'ordinateur, les yeux rivés sur l'écran. Le brigadier zoome sur la zone où se trouvent les deux protagonistes. Ils reconnaissent sans l'ombre d'un doute Michel et Émilien. Les données techniques des clichés indiquent l'heure de prise de vue à 9 h 08. Le capitaine demande à Denis si son appareil photo était bien à l'heure au moment de sa rando.

– Je ne garantirais pas l'exactitude à la seconde, mais heures et minutes sont exactes.

– Avez-vous d'autres choses à nous rapporter ?

– Non, je pense vous avoir dit tout ce que je savais.

– Bien, je vais maintenant, vous demander de signer votre déposition, vous devrez aussi vous tenir à notre disposition et je vous demanderai aussi de nous laisser un numéro de téléphone où nous pourrons vous joindre.

– Bien sûr, je suis venu jusqu'ici pour aider à la résolution de ce crime.

– Merci, je vous demande seulement de patienter quelques minutes dans le hall.

Denis sort du bureau, il est 13 heures ce 23 juin. Le capitaine regarde ses deux collègues et dit :

– Messieurs, le meurtrier semble identifié, vous filez séance tenante au domicile d'Émilien et si j'en crois mes informations, il rentre déjeuner chez ses parents. Si c'est le cas, vous lui signifiez sa garde à vue et vous le ramenez ici.

Il ajoute un dernier point :

– Vous n'oublierez pas ensuite d'aller interroger M. Darmon, pour ce que l'on peut qualifier de prétendu alibi.

Après un rapide appel au tribunal de grande instance d'Auch, où il a pris rendez-vous avec la juge d'instruction Joëlle Yrdon, le capitaine Martel s'apprête à partir. Avant cela il pose, à Denis, encore une ou deux questions sur les photos puis lui dit qu'il peut maintenant disposer.

23 juin 2015 16 heures

Les deux brigadiers ont trouvé Émilien chez ses parents, surpris de voir les gendarmes revenir si vite. Ils ont signifié à Émilien sa garde à vue et l'ont ramené à Riscle. Il a été mis en cellule en attendant le retour du capitaine de son rendez-vous au tribunal de grande instance d'Auch. Les brigadiers ont trouvé M. Darmon dans ses vignes, catégorique sur le fait qu'Émilien soit venu le voir récemment, mais c'était le 19 juin et non le 18. M. Darmon en est certain parce que le 18, il était à Auch chez son amie et il a de bonnes raisons de se rappeler la date exacte.

Le capitaine est de retour d'Auch avec un mandat d'arrêt et il s'apprête à inculper Émilien du meurtre de son oncle.

Les trois hommes sont à nouveau dans le bureau de la gendarmerie. Ils décident de garder la même stratégie, à savoir que seul le capitaine posera les questions.

Les brigadiers vont chercher Émilien et l'invite à s'asseoir en face de l'officier.

– Bonjour Émilien, les deux gendarmes ici présents vous ont signifié votre garde à vue et nous aimerions vous réentendre sur certains points que nous avons déjà évoqués avec vous.

– Bien, je répondrai à vos questions, si je le peux.

– Je vous demande à nouveau, où étiez-vous le 18 juin entre 8 heures et 10 heures ?

– Comme je vous l'ai dit chez M. Darmon

– En êtes-vous absolument certain ?

– Oui, j'en suis sûr !

– M. Darmon a bien confirmé que vous étiez chez lui... Le 19. Pas le 18 !

Le capitaine Martel met alors sous les yeux d'Émilien l'une des deux photos dont il a agrandi la zone où se trouvent les deux hommes. Émilien regarde la photo, ses yeux

reviennent ensuite sur le capitaine qu'il fixe d'un air absent.
Le capitaine s'adresse à lui
– Est-ce bien vous sur cette photo avec votre oncle ?

Émilien ne dit rien, il a baissé la tête.
– Je vais être direct, avez-vous tué votre oncle ?
– ...
– Bien, votre silence ne vous aidera pas. Je vous informe que vous êtes en état d'arrestation et je vous inculpe du meurtre de votre oncle Michel Destoges. Vous pouvez comme la loi vous y autorise vous faire assister d'un avocat et vous serez déféré devant le juge d'instruction dans les 24 heures. Avez-vous quelque chose à ajouter ?

Épilogue

Émilien ne parlera que brièvement à la juge d'instruction pour reconnaître qu'il a bien tué Michel Destoges. Il restera très vague sur les raisons de son geste et déclarera seulement :
– Ça ne pouvait finir que comme cela.
Son avocat ne réussira pas non plus à le faire parler et il aura les plus grandes difficultés à assurer correctement sa défense.
Sylvie et Mélanie, si elles ne peuvent pardonner, aimeraient comprendre. Ses parents, sa sœur, son amie, voudraient tout

autant savoir. Les psychiatres le déclareront sain d'esprit bien qu'il n'ait pas été plus bavard avec eux.

Pendant le procès il ne lâchera que quelques laconiques oui ou non et exclusivement au président du tribunal. À la question plaidez-vous coupable, Émilien répondra oui.

Aux termes du procès les jurés le condamneront à quinze années de réclusion criminelle assortie d'une peine incompressible de douze années.

Verdict rendu au TGI d'Auch le 28 juin 2016.

Visite nocturne dans le placard de Barbe bleue

Jean-Louis Le Breton

Des moments d'incertitude l'avaient rendue plus faible encore. Le doute s'était installé en elle comme un compagnon discret, mais inséparable. Elle mettait cela sur le compte de la fatigue nerveuse et l'épreuve de force dans laquelle elle était involontairement engagée. Son univers n'était pas aussi anodin qu'il le paraissait. Sa mémoire était entachée de zones d'ombre, mais un certain nombre de réflexes la maintenaient dans un quotidien presque banal. Il lui semblait que l'on jouait avec ses nerfs.

Le téléphone sonna à nouveau et Maxime se précipita pour décrocher. Du haut de ses quatre ans, il parvenait à peine à atteindre le combiné posé sur le plat de la nappe. Il tira un pan de tissu et le poste se rapprocha du bord, tout en continuant d'égrener sa sonnette enrouée. Rosine pénétra dans la pièce. Elle portait encore son manteau et un panier plein de courses. Ses traits étaient tirés. Peut-être parce qu'elle avait gravi rapidement les dernières marches en entendant la sonnerie. Maxime avait décroché. Il ne disait rien, mais l'espace d'un instant elle crut voir ses pupilles se dilater et son visage s'assombrir.

— Qui est-ce, mon chéri ?

— C'est le monsieur qui dit que tu vas partir !

Ses mains tortillaient le cordon nerveusement. Mao, le chat, vint se frotter contre ses jambes. Elle eut un éclair de peur dans les yeux et prit l'appareil.

— Allô ? Allô ?....

Mais on avait raccroché, et seul l'indicatif occupé répétait son bip comme un disque rayé. Rosine contempla le combiné avec une certaine appréhension, puis elle raccrocha pour consoler Maxime. Lorsque Gautier rentrerait, il faudrait qu'ils prennent une décision.

Comme à son habitude, il arriva vers les huit heures après avoir fermé le magasin. Gautier possédait la plus grande droguerie de la ville. Il terminait à sept heures, mais se réservait trois quarts d'heure de comptes et de paperasseries diverses chaque soir avant de rentrer. Pour un mois de janvier, les affaires étaient très mauvaises et Gautier soucieux. Depuis quelque temps il ne cachait pas une certaine amertume. Parfois du découragement.

— Il a encore appelé…

Elle le regardait comme si elle se fut attendue à ce que Gautier la rassure et la sécurise. Mais il n'était pas ce genre d'homme. Pourtant elle l'aimait plus que tout au monde. Il accrocha son pardessus à la patère de bois en soupirant un « ah ». Puis, comme Rosine ne le quittait pas du regard, il ajouta : « combien de fois aujourd'hui ? »

— Cinq fois. Je revenais des courses et j'étais chargée. Maxime a décroché avant moi. Ça ne peut plus durer, Gautier. Il faut faire quelque chose.

— C'est un maniaque. Il y en a dans toutes les villes. Voilà les progrès du téléphone, bougonna-t-il en déroulant son écharpe l'air tracassé. « Tu sais bien que les gendarmes n'y peuvent rien. Et

Les télécoms non plus. Ça peut durer des mois, des années ou bien s'arrêter brusquement comme ça a commencé. »

— Gautier, je ne tiendrai pas comme ça. Depuis que ce type passe ces coups de fil, je ne vis plus. Toi, tu as ton travail. Moi je reste seule toute la journée à me tourner les sangs.

— Pourquoi ne pas décrocher le téléphone ?

— Tu sais que maman est malade. Il faut qu'elle puisse m'appeler à tout moment.

— Hé bien, que veux-tu que je te dise ?

— Comprends-moi Gautier. C'est aussi pour le petit! Quel effet cela peut-il lui faire d'entendre un homme lui dire « Ta mère va partir » ? Je lui ai déjà interdit de répondre. Mais c'est un enfant. Et c'est la deuxième fois qu'il lui parle. Mais pourquoi fait-il ça ? Pourquoi moi ?

— Ces gars-là sont des lâches. Ce sont des désœuvrés la plupart du temps. Le téléphone est anonyme. C'est un moyen de se venger de la société. Mais ils ne passent jamais aux actes. Le seul fait de l'anonymat est une preuve de leur lâcheté. Il faut se montrer plus intelligent.

— Ne crois-tu pas que nous devrions prévenir la police ?

— Pour leur dire quoi ? Cet homme a-t-il déjà dit des choses menaçantes, ou des obscénités ?

— Non. C'est toujours la même phrase. Comme s'il voulait me mettre une horloge dans la tête, qui vienne me rappeler de partir. C'est obsédant et ça me fait peur. Jamais je ne pourrai vous quitter.

— Peut-être finira-t-il par se lasser...

Gautier parlait de tout cela comme il aurait discuté d'un fait divers dans le journal. Rosine sentait bien que d'autres soucis l'absorbaient et que les échéances du magasin le troublaient plus que cette histoire. Il la laissait seule. Et pour elle, la tension nerveuse avait monté au fil des semaines. Et puis ce soir, elle se sentait tout à fait déprimée. Au bout du rouleau. Incapable de supporter plus longtemps cette torture psychologique. « Je suis faible » se disait-elle, « mais je n'y peux rien ».

Et elle se mit à pleurer doucement en baissant la tête, comme un gosse devant un problème insoluble.

— Ma chérie ! Il vint la prendre tendrement par le cou. Peut-être négligeait-il de l'écouter. Elle avait besoin de réconfort. Elle s'appuya sur son épaule et essuya ses larmes sans rien dire.

— Je vais voir si le gamin dort, dit-il en la repoussant gentiment.

Une petite veilleuse éclairait la pièce et il buta contre la locomotive d'un train en bois.

— C'est toi papa ?

— Tu ne dors pas encore ?

— Je voudrais que tu me lises une histoire !

Il avait repoussé ses couvertures et jouait silencieusement à dessiner des formes dans l'air avec le bout de ses pieds. Il contemplait ces figures imaginaires en suçant son pouce qu'il ôta à nouveau de sa bouche.

— Tu vas me lire une histoire, hein, Papa ?

— D'accord, et après tu dors. Lève-toi vite et va choisir un livre.

Le gamin bondit du lit et courut fouiller dans un tas d'albums empilés près du coffre à jouets. Il hésitait à choisir, cherchant inconsciemment à retenir son père plus longtemps près de lui.

Finalement, il opta pour « Barbe bleue ».

— Mais c'est une histoire qui te fait peur, protesta Gautier.

Maxime lui mit le livre dans les mains et poussa son père sur le lit. Le chat sauta près d'eux et vint se rouler en boule au pied des couvertures.

— Dis papa, le monsieur qui téléphone, c'est Barbe bleue ?

— Mais non...

— Est-ce qu'il va aussi me voler cette maman ?

— Chut... tais-toi.

Si Maxime avait mis du temps à s'endormir, plusieurs calmants n'étaient pas venus à bout de l'insomnie de Rosine. Elle se retournait dans le lit. Elle avait trop chaud, bien que dehors il gelât à pierre fendre. La nuit était claire comme ces soirées d'hiver où l'air est aussi pénétrant qu'un regard. Elle se leva pour boire. Puis elle alla dans la chambre de Maxime et le contempla pendant quelques minutes avant de retourner se coucher. Gautier respirait paisiblement, pourtant deux petites rides barraient son front et ses lèvres étaient un peu serrées. Elle eut la prémonition d'entendre sonner le téléphone, et elle songea que malgré sa mère, elle pourrait peut-être le débrancher pour les quelques heures qui lui restaient avant l'aube. Elle décida de le faire. L'appareil était resté sur la table du living. Ils avaient dîné dans la cuisine. Elle s'approcha de la prise... et la sonnerie retentit. Elle s'y était attendue, pourtant elle avait sursauté. Gautier apparut dans l'encadrement de la porte.

— Laisse-moi répondre, dit-il en s'approchant, la main tendue vers l'appareil.

— Oui, vas-y. Moi, je ne peux pas décrocher.

Il arracha violemment le combiné de son support et le porta à son oreille sans rien dire. Il y eut un moment de silence. Quelqu'un respirait à l'autre bout. Cela dura quelques secondes sans que chacun émît un son. Puis la voix de l'homme s'éleva dans l'appareil, au moment où Rosine venait de prendre l'écouteur. « Il va bientôt falloir qu'elle parte. Il faut qu'elle vous quitte. Rosine, vous devez partir. »

— Espèce de... de... bégaya Gautier.

Mais l'autre avait déjà raccroché. Il se retrouva stupide à contempler le combiné, comme s'il eut été responsable de ce qui était plus qu'une mauvaise plaisanterie.

— Il a recommencé, sanglota Rosine. Même la nuit...

Et cette incessante répétition avait éveillé en elle la sensation, la certitude qu'elle devrait effectivement partir. C'était comme un gouffre au bord duquel on la poussait insensiblement. Un peu plus chaque jour. Une idée insidieuse et inexorable comme le destin. Le chat vint se frotter contre elle. Des images défilèrent dans sa tête. Elle poussa un cri et repoussa brutalement le chat du pied. Il fit un bond et se hérissa en miaulant. Elle lui en voulut.

— Il faut savoir qui c'est, dit-elle. Il faut trouver cet homme !

Elle leva un poing serré dans une attitude à la fois belliqueuse et désespérée.

— Pour commencer, il faut passer en revue les gens de notre entourage : les voisins, les commerçants, et tous ceux qui connaissent mon prénom.

Le lendemain, ils avaient dressé une impressionnante liste de suspects potentiels. Ils avaient procédé par ordre de voisinage, traçant des zones circulaires fictives et concentriques dont le centre était l'appartement.

— C'est quelqu'un qui me connaît bien, dit-elle.

Gautier l'aida à échafauder toute sorte d'hypothèses. Mais cela ne les mena nulle part, sinon à un point plus élevé d'impuissance et de nervosité. Il partit pour le magasin les yeux rouges et cernés. Rosine conduisit Maxime à l'école. Elle le regarda s'éloigner dans la cour au milieu des autres gamins. Bientôt elle ne distingua plus sa silhouette parmi les autres. Et puis l'obsession de le quitter lui revint subitement, et elle voulut se précipiter dans l'école pour le reprendre. Mais les portes se refermèrent devant elle.

Elle traîna avant de rentrer, reculant le plus possible son retour à l'appartement. Elle se demanda si le téléphone avait sonné pendant son absence, et combien de fois. Il faisait beau et froid, mais cette histoire gâchait le plaisir qu'elle aurait pu tirer d'une telle journée. C'est une idée fixe, se dit-elle. Je dois trouver une solution. Elle fit ses courses et discuta avec les commerçants. Et dans chaque regard elle cherchait à déceler un indice qui aurait pu confirmer telle ou telle hypothèse. Elle passa voir une amie qui la trouva pâle, fatiguée et lui conseilla de partir. Cela ne fit que raviver son obsession. Tout quitter. Pourquoi ?

Rosine rentra vers onze heures chez elle. Elle comprit tout de suite qu'il se passait quelque chose d'anormal. La porte de l'appartement était ouverte. Elle posa ses cabas et courut chercher Monsieur Pinter, le gardien de l'immeuble.

— Est-ce que vous avez entendu du bruit ?

— Vous croyez qu'ils sont encore là, demanda-t-elle angoissée ?

— Avec les cambriolages, maintenant il faut se méfier. Je vais prendre mon fusil, dit Pinter en décrochant un Magnum de chasse à deux canons suspendu au-dessus de la commode entre un baromètre et une photo de sa fille.

— Pas plus tard qu'il y a une semaine, un de mes collègues s'est fait tirer dessus par deux gars qui venaient de fracturer un appartement.

— Est-ce que je peux me servir de votre téléphone pour prévenir Gautier, Monsieur Pinter ?

Le numéro du magasin avait été changé depuis deux mois. Elle dut sortir son calepin, car elle ne le connaissait pas par cœur. Gautier lui dit qu'il fermait et qu'il arrivait. Il lui demanda dans quel état se trouvait l'appartement, mais elle n'était pas encore entrée dedans. Elle allait le faire avec Pinter. Les cabas pleins étaient restés sur le palier, et rien ne semblait avoir bougé. La porte était toujours entrebâillée et Pinter la poussa prudemment. Rosine le suivit anxieuse.

— Attendez un peu, dit-il en la repoussant en arrière. Ce n'est pas beau à voir.

— Quoi, demanda-t-elle ? Puis elle eut un éclair de compréhension : le chat !

— Je crois que je vais nettoyer ça moi-même, dit Pinter. Ne regardez pas trop, ça va vous tourner le cœur.

Elle s'approcha tout de même. Il lui cachait la vue de sa large silhouette, et de dos on aurait dit un soldat ou un chasseur. À ses pieds se trouvait Mao. Ce qu'il en restait. Quelqu'un l'avait égorgé avec une abominable violence, et c'était un spectacle insoutenable. Elle faillit s'évanouir, et Pinter l'obligea à se détourner. C'est alors que leurs deux regards s'arrêtèrent sur le mur. Elle se glaça, et Pinter lâcha un juron. Sur la peinture blanche, on avait écrit avec le sang du chat : « Rosine va partir ».

Quand Gautier arriva, Pinter avait ramassé le cadavre de Mao. Il l'avait glissé dans un grand sac-poubelle en plastique bleu. Mais il avait laissé l'inscription sur le mur.

— Cette fois, il faut que la police vienne, dit Rosine.

— En attendant, tu ne peux pas rester ici. Le mieux serait que tu ailles passer quelques jours chez ta mère. Qu'en penses-tu ?

— Vous laisser tous les deux... je... je ne le pourrai pas. Pas en ce moment.

— C'est ridicule. Je suis tout à fait capable de me débrouiller avec le petit. Un peu de calme et beaucoup de repos te feront le plus grand bien. Au petit aussi. Il te sent trop nerveuse.

— C'est l'idée de partir, qui provoque en moi une réaction bizarre. Gautier, je tiens tellement à vous deux...

— C'est absurde. Il faut savoir se séparer des gens. C'est pour ton bien. Chez ta mère tu seras tranquille.

— Mais que feras-tu s'il continue à téléphoner ici ?

— Ne t'en fais pas ! La journée je suis au magasin. Le soir je débrancherai. Je vais appeler ta mère pour savoir ce qu'elle en pense.

Elle le regarda composer le numéro. Depuis six ans de vie commune, c'était la première fois qu'elle remarquait que Gautier se servait de la main gauche pour composer un numéro sur le

cadran. Ça la troubla.

Le soir même, ils dînaient tous dans un petit pavillon, à l'autre bout de la ville. Walter était le frère de Rosine. Un marginal un peu bohème et sympathique qui vivait de l'air du temps. Ce qui était assez mal vu, mais sa mère n'avait pas renoncé à le pousser vers une carrière plus « normale ».

Walter fréquentait un peu l'université en dilettante. Il était très attaché à sa sœur et à Maxime. Il venait souvent dîner chez sa mère, mais toujours à l'improviste. Ce soir-là, l'ambiance était lourde. Rosine n'avait pas touché à son assiette. Gautier se sentait gêné. Maxime et Walter s'amusaient, et ils en étaient déjà à la bataille de boulettes de pain. Rosine n'avait pas voulu mettre sa mère au courant de l'histoire des coups de téléphone et du chat égorgé.

— Je vous trouve bien sinistres, dit Walter.

— Gautier a de gros soucis avec le magasin, répondit Rosine. Ce n'est pas le genre de problème qui puisse t'arriver.

Elle se sentait fatiguée et agressive.

— Ça, ma vieille, quand on choisit de rentrer dans le système, on en subit les conséquences...

— Walter, tais-toi, dit sa mère. Je ne veux pas que tu parles de Gautier sur ce ton.

— Laissez-le maman, chacun est libre de ses opinions, dit Gautier. À propos du magasin, j'ouvre demain de bonne heure et je ne vais pas rester trop tard. Il faut aussi que j'emmène le gamin à l'école assez tôt. Je vous appellerai demain dans la journée pour voir si tout va bien.

Il quitta la table, décrocha son pardessus et celui de Maxime.

— Je ne prends pas de café. Je ne veux pas que le petit se couche tard. Je vais profiter de ce temps libre pour avancer ma comptabilité.

Rosine les laissa partir à contrecœur, mais il était sans doute plus raisonnable qu'elle restât à l'écart de l'appartement quelque temps. Elle devait faire le point sur elle-même. Elle s'installa dans la chambre voisine de celle de Walter. Elle le rejoignit bientôt. Il lisait, habillé sur son lit.

— Ce n'est pas habituel de se retrouver tous les deux chez maman, dit-il en baissant son livre.

— Walter, il faut que je te parle...

Elle lui raconta tout depuis le début, comme si ça pouvait la soulager. Ses fantasmes et ses doutes, ses angoisses et ses appréhensions.

— Ce qui m'inquiète encore plus que ces coups de téléphone, dit-elle, c'est moi-même. Chaque jour qui passe, je sens la réalité m'échapper un peu. Je m'éloigne de mon monde. Comment t'expliquer ? C'est comme si je devenais une observatrice extérieure. Je n'y comprends rien, mais c'est vrai. J'ai l'impression de me séparer de quelque chose, petit à petit. J'ai aussi l'impression que les gens qui sont autour de moi changent... à des petits détails. Ma perception du monde devient différente.

C'est tout à fait absurde et très démoralisant. J'ai peur d'ouvrir les yeux sur quelque chose d'autre... je ne sais pas quoi.

Walter l'écoutait, attentif et étonné. Il ne l'interrompit pas. Mais quand elle eut terminé, il la contempla longuement.

— Ne crois-tu pas que c'est TOI qui es en train de changer ? Peut-être ces coups de téléphone ne font-ils que déclencher un phénomène qui est en toi ? Quelque chose que tu refuserais... une réelle envie de partir ?

— C'est impossible ! je suis parfaitement heureuse avec Maxime et Gautier... je ne demande rien. Je ne suis pas de ces gens perpétuellement insatisfaits. Pourtant, j'ai la sensation d'avoir des pertes d'équilibre. Je sais que tout cela est lié aux coups de téléphone. Mais c'est aussi en moi. Les deux sont indissociables. Plus je réfléchis, et plus je crois que la personne qui m'appelle poursuit un but précis. Me faire partir... mais pour où ? Parfois, cela me rend folle...

— Peut-être ressens-tu ça comme une sorte de terrorisme psychologique. Je ne crois pas que ce soit ça. S'il y a une explication, il faut que tu la trouves... que tu l'admettes, je ne sais pas. Depuis que tu es petite, tu as toujours été sensible. Prends sur toi, essaye de comprendre et de faire face. Tout s'arrangera...

Leur conversation dura tard dans la nuit. Rosine n'avait pas sommeil et Walter n'était pas un couche-tôt. Vers deux heures du matin, elle fut interrompue par la sonnerie du téléphone. Ils échangèrent un regard silencieux et Walter laissa sonner plusieurs fois avant de décrocher. Elle prit l'écouteur : « Maintenant, il faut qu'elle parte et qu'elle les quitte. »

C'était tout. On avait raccroché. Ils avaient très bien entendu tous les deux. Ils restèrent quelques minutes sans parler. Elle se sentait au pied du mur, coincée, acculée, obligée d'agir… mais elle n'avait pas de force.

— C'est une mauvaise blague, dit Walter sur un ton peu convaincant.

— Il faut prévenir Gautier, dit-elle.

— C'est inutile, il a dit lui-même qu'il décrocherait son téléphone toute la nuit pour ne pas être dérangé.

— Comment a-t-il retrouvé ma trace ? Pourquoi sait-il que je suis ici ?

— Je ne sais pas, dit Walter.

Elle se leva brusquement, en proie à une angoisse soudaine.

— Il faut que j'y aille… je sens que si je n'y vais pas il va tuer Maxime et Gautier : je le SAIS, je le SENS. Je ne peux pas expliquer pourquoi. Il tenta de la dissuader, mais elle agissait comme si un autre elle-même avait pris les commandes. Il se fâcha et voulut la retenir.

— Sais-tu seulement où tu vas ? Toute seule, en pleine nuit, tu es folle ! Il écarta le rideau pour scruter la rue. Tout était calme et paisible.

— Je ne veux pas te laisser sortir comme ça. Je t'accompagne.

— Il n'en est pas question, cria Rosine. Je veux que tu protèges Maxime et Gautier, quoiqu'il arrive ! Elle l'avait repoussé fermement dans la maison avant tant de résolution qu'il en resta ébahi. La porte claqua dans le froid et elle s'éloigna à pas rapides comme si elle avait su où se rendre exactement. Il resta à l'observer jusqu'à ce que sa silhouette ait disparu au coin de la rue. Il se demanda avec remords s'il avait bien fait de la laisser partir...

L'esprit de Rosine était comme une mer agitée. Elle ne cessait de s'interroger sur sa propre conduite. Pourtant ses jambes la portaient presque contre sa volonté. Elle n'avait pas peur pour elle. D'instinct, elle avait su qu'il fallait protéger Maxime et Gautier, se mettre en avant, un peu comme ces mères qui se sacrifient pour leurs enfants.

Mais où cela pouvait-il la mener ? Allait-elle se trouver face à un maniaque ou à un sadique ? Elle se sentit terriblement seule et désemparée. Elle remonta deux rues désertes et glaciales, butant sur les poubelles devant les portails des immeubles. Et puis soudain, elle s'arrêta. Car il était là. Devant elle.

C'était un homme sans âge, vêtu d'un trench-coat dont le col était relevé sur ses oreilles. Ils s'observèrent un instant en silence. Ses yeux étaient perçants et lumineux. Il portait la moustache et un collier grisonnant qui courait autour de son menton. « Barbe bleue » songea-t-elle avec un frisson. Il lui parla doucement.

— Venez, Rosine, ne restons pas ici...

Cette fois, elle eut réellement peur. Elle recula d'un pas, mais elle sentit qu'une force supérieure à sa propre volonté luttait en elle pour l'empêcher de reculer ou de crier. Il reprit : « Avancez, avancez, Rosine, suivez-moi. » Il fit demi-tour, lui tournant le dos, et s'éloigna d'un pas nonchalant, les mains dans les poches. Et elle le suivit ! Comme si un cordon invisible les reliait l'un à l'autre. Elle buta à nouveau sur une poubelle, bascula dans l'air puis reprit son chemin derrière lui. Il n'avait pas ralenti son allure. Ils marchèrent longtemps dans des rues qu'elle ne connaissait pas. Puis il s'arrêta. Un chat bondit d'une palissade et elle sentit à nouveau la peur l'envahir. Le chat les regarda et ses yeux réfléchirent un éclat vert. Sa tête allait éclater. Elle voulut détourner le regard, mais l'animal les fixait comme deux intrus venus le déranger. Finalement il se faufila sous une voiture, et l'homme reprit sa marche. Elle le suivit. Il la mena jusque dans le quartier ouest où les immeubles cossus élevaient de larges pans d'ombre dans la nuit.

L'appartement était grand et plein d'objets. Une accumulation hétéroclite de souvenirs de voyage. Des poupées indiennes, deux armures de samouraï, un piano mécanique et une collection de petits théâtres en carton peint. Des piles de livres s'élevaient aux quatre coins des pièces. Elle entra sans parler dans cet univers insolite. Il la fit asseoir sur un pouf en cuir.

Une collection d'éléphants en marbre s'alignait à proximité du téléphone. Dans une boîte noire tapissée de velours rouge se trouvaient deux polyèdres en plexiglas. Il y avait aussi un manuscrit tibétain accroché au mur, et beaucoup de livres très anciens reliés pleine peau. Certains étaient en parfait état. D'autres très abîmés, mais ils devaient avoir une autre valeur moins évidente. Des livres cabalistiques et historiques, dont la plupart semblaient écrits en latin.

Il s'assit face à elle. À ce moment, il lui aurait été impossible de partir. Il émanait de lui un charisme autoritaire qui la clouait sur place. Pourtant elle sentait que sa volonté n'était pas complètement dominée. Il commença à parler, s'exprimant sur un ton monocorde et presque incantatoire.

— Certainement tout ceci doit vous paraître très étrange. Vous êtes ici chez moi. C'est un peu comme dans un purgatoire. Voilà deux mois que nous vous annonçons votre départ. Ce soir, je crois que vous êtes prête et que nous allons pouvoir vider l'abcès. Nous avons tout notre temps, et ce sera certainement pénible. Mais rassurez-vous, tout ira bien après...

La gorge de Rosine était sèche. Elle reprenait ses esprits et se demandait avec horreur comment elle avait pu suivre ainsi un inconnu en pleine nuit. Et pourtant ça ne la choquait pas vraiment. C'était logique. Absurde, mais inévitable. Le plus démoralisant était d'avoir perdu le contrôle d'elle-même. Maintenant elle doutait à nouveau de sa force et de sa volonté. Cet homme était-il fou ? Il était sûrement capable de la dominer. Que faire ? Il n'avait pas l'attitude d'une personne malade ou désaxée. Ses gestes étaient précis, son regard direct et sans hésitation.

— Il faut que nous parlions de vous et de votre famille, dit-il.

— Ma... ma famille ?

Il se leva et alla chercher des photos sur un bureau.

— Regardez, dit-il en lui tendant l'un des clichés.

C'était Maxime et Gautier, photographiés sur une plage qu'elle ne reconnaissait pas.

— Qui voyez-vous, demanda-t-il, en gardant l'autre photo cachée contre lui.

— Hé bien... Je ne comprends pas ce que tout cela veut dire. Où voulez-vous en venir ?

— Répondez à ma question, je vous prie.

— C'est... c'est une photo de Maxime et Gautier.

Il sembla satisfait de la réponse.

— Et maintenant, regardez bien ceci, et dites-moi qui vous voyez.

Il lui tendit le deuxième cliché. Elle se troubla immédiatement.

— Non, non... je ne veux pas ! Elle repoussa la photo et tourna la tête.

— Vous devez le regarder, dit-il en élevant à peine le ton. Il faut le faire. Dites-moi qui se trouve sur cette deuxième photo !

— Ce n'est pas eux ! Ce n'est pas eux, hurla-t-elle.

Il parvint à capter son regard. Aussitôt elle se calma. Mais son esprit bouillonnait. Pourtant il avait une emprise sur elle, peut-être un pouvoir hypnotique.

Elle s'était énervée, et il l'avait calmée rapidement, comme on baisse le feu sous une marmite. Il tenait toujours la deuxième photo à la main. Il mit la première à côté.

— Vous voyez, de loin ils se ressemblent... mais si on regarde de plus près, on voit sur la deuxième photo deux personnages qui paraissent être Gautier et Maxime. La ressemblance est très approximative... pour ma part, je ne vois qu'un petit garçon blond qui ressemble à un autre garçon blond et un homme brun qui ressemble à un autre homme brun. Pourtant, cela vous a suffi, n'est-ce pas ?

— Arrêtez, supplia Rosine. Pourquoi tout ce mal ? Pourquoi cherchez-vous à me faire souffrir ?

— Je sais que c'est douloureux. Je vous l'ai dit. Nous avons tout notre temps.

— Je veux me reposer, dit-elle.

Il la sentit très lasse et abattue.

— Vous êtes ici chez vous. Je vous ai aménagé une chambre. Pour l'instant nous ne sortirons pas.

Mais nous partirons bientôt. Je veux que vous pensiez à ces photos.

— Qu'attendez-vous de moi ? cria-t-elle. De l'argent ? Autre chose ?

— Vous refusez de comprendre. Pourtant il faudra que vous l'admettiez...

Il la conduisit dans une chambre encombrée d'étagères qui craquaient sous le poids des livres. Un autre mur était couvert de marionnettes indiennes dont les ombres semblaient animer des scènes mythologiques et mystérieuses. Il y avait aussi un grand lit et une chemise de nuit posée dessus. Elle s'assit sur un petit coin de l'extrémité du lit.

— Appelez-moi si vous avez besoin de quelque chose.

Il referma la porte, la laissant seule et désemparée au milieu d'un univers qui lui était étranger et qui lui échappait. Elle resta sans bouger, à attendre que ses idées se remettent en ordre. Puis elle alla vers la fenêtre et tira les rideaux. Mais aucune lumière ne pénétra dans la pièce. Elle était obturée par de solides volets verrouillés par un énorme cadenas.

Je dois m'enfuir, se dit-elle. Retrouver Maxime et Gautier. Il y a sûrement un moyen. Elle entendit le téléphone sonner et approcha son oreille de la porte. Mais elle était trop épaisse pour qu'elle distinguât autre chose qu'une conversation incompréhensible. Puis à nouveau le silence. Puis d'autres coups de téléphone. Finalement, le calme revint et plus un bruit ne troubla l'appartement. Elle ouvrit doucement la porte. Le couloir d'entrée était faiblement éclairé. Elle s'y engagea. Mais elle n'avait pas fait deux pas qu'un chat jaillit dans le couloir en miaulant. On aurait dit qu'il avait sauté du haut d'une armoire et elle poussa un cri. Le chat la regarda, le dos bombé et les poils hérissés. Elle domina sa peur et battit en retraite dans la chambre. Elle était surexcitée. Elle chercha fébrilement parmi les objets épars et finit par trouver un couteau de décoration que l'homme avait dû ramener du Maroc. Elle retourna aussitôt dans le couloir. Le chat cracha. Il avait reculé jusqu'à la porte. Ses poils se dressaient comme s'il eut été traversé par un courant électrique.

Mais cette colère exprimait aussi de la peur. Rosine s'approcha. Elle n'était plus vraiment elle-même. En cet instant, quelque chose la transcendait et décuplait en elle une colère aveugle. Elle leva le couteau et le chat fit un brusque écart.

— Est-ce avec un couteau que vous avez égorgé votre chat, Rosine ?

Elle se retourna, l'arme à la main. L'homme était derrière elle. Leurs regards se croisèrent et elle sentit à nouveau le calme revenir en elle.

— Donnez-moi ça, dit-il en lui enlevant le couteau... Je crois que nous devons encore discuter.

— Je n'ai pas tué le chat, dit-elle.

— Pas la première fois, répondit-il. Mais la seconde.

— Je n'ai pas tué le chat, répéta-t-elle. C'est lui qui a tué... c'est lui...

Il la fit asseoir.

— Racontez-moi Rosine. Ne gardez pas tout cela pour vous. Il faut que vous parliez.

Elle était plus calme maintenant, et les mots semblaient venir plus facilement.

— Je n'ai pas tué le chat… J'étais sortie quelques secondes. Je voulais faire une course… mais deux minutes, seulement. Deux minutes… vous comprenez n'est-ce pas ?

— Continuez, l'encouragea-t-il.

— Je les ai laissés deux minutes. Maxime et le chat. C'était son endroit favori… la fenêtre. Alors… alors le chat a sauté sur la fenêtre et Maxime a grimpé pour l'attraper et… et…
Elle éclata en larmes.

— Dites le Rosine. Il faut le dire. Je sais que c'est dur.

—… Et quand je suis revenue, il y avait un attroupement en bas de l'immeuble. Et j'ai crié quand j'ai vu mon bébé. Par terre. J'ai compris qu'il était mort.

— Que s'est-il passé ensuite ?

— Les gens couraient dans tous les sens. Ils disaient « C'est un gosse qui est tombé par la fenêtre en jouant avec son chat ». Ils disaient « Les parents sont inconscients… » Et moi je ne pouvais pas parler. Ils étaient tombés l'un sur l'autre. Le chat et le bébé. Et je voulais me tuer pour avoir laissé Maxime avec une bête.

— Qu'avez-vous fait après ?

— Après… après les gendarmes sont arrivés, ils m'ont parlé, et je ne sais plus.

— Si, vous le savez. Mais c'est enfoui tellement profondément en vous que vous ne voulez pas le voir. Vous l'avez caché et vous avez refusé de l'admettre. Il faut que vous cherchiez et que vous trouviez vous-même. Je veux que vous me disiez ce qui s'est passé. Allez-y Rosine, parlez. Tout ira mieux. Parlez.

Elle avait encore terriblement envie de pleurer, mais son corps s'y refusait. Elle resta un petit moment silencieuse. Il se leva pour lui chercher à boire. Elle était prostrée, mais elle se remit à parler.

— Après, les gendarmes sont venus. J'étais folle. Je ne savais plus ce que je faisais. Je voulais qu'on prévienne Gautier...

— Et alors ?

— Et... et ils ne voulaient pas...

— Qui ?

— Les gendarmes. Ils ne voulaient pas prévenir Gautier.

— Pourquoi ? Je veux que vous le disiez.

— Je ne sais pas ! je ne sais plus. C'est affreux.

— Oui, c'est affreux. Mais je veux que vous le disiez.

— Ils ne voulaient pas prévenir Gautier. Ils disaient qu'il fallait attendre... et puis l'un des gendarmes est venu. Il m'a prise à part... et...

— Que vous a-t-il dit ?

— Il m'a dit que Gautier ne pouvait pas venir... qu'il était empêché. Et j'étais folle de douleur. Je voulais le voir. Je crois que je l'ai frappé... et il m'a dit que Gautier était mort. Qu'il s'était pendu le matin dans le magasin... et... et je ne sais plus...

— Je vais vous dire ce qui s'est passé après, dit l'homme. Vous vous êtes complètement repliée sur vous-même. Quand on vous a amenée à l'hôpital, vous étiez complètement muette. Et pendant plusieurs jours vous êtes restée dans cet état de prostration. Sans manger et sans boire. Un matin, un jeune externe est passé dans le service et il vous a examinée. Brusquement vous lui avez parlé comme s'il était Gautier. Pourquoi ? Parce que ce garçon est veuf. Sa femme est morte en couches, il y a quatre ans. Ce matin-là il était venu avec son fils. Que vous avez identifié à Maxime. Alors, il y a eu un cas de conscience. Et nous avons décidé de jouer le jeu. Mais croyez-moi, Rosine, toute personne normalement constituée perdant le même jour deux êtres qui lui sont chers dans des circonstances atroces subit un choc psychologique énorme. Un traumatisme terrible. Et puis ce garçon est venu avec son fils. Cela a provoqué une étincelle dans votre inconscient. Alors nous avons décidé de jouer le jeu. Le jeune externe a accepté de prendre la place de votre mari pendant quelque temps et de venir s'installer chez vous avec son fils. Nous avons prévenu votre famille et tout ce que nous avons fait l'a été avec l'assentiment de votre mère et de votre frère. En quelque sorte, nous vous avions ramené à un état antérieur à votre traumatisme. Le problème était de vous faire admettre la mort de votre fils et de Gautier sans provoquer un autre traumatisme. Alors nous avons eu l'idée de vous amener à penser qu'il serait inévitable que vous les quittiez. Nous avons monté cette mise en scène de coups de téléphone avec votre frère et le faux Gautier. Petit à petit, cette idée a fait son chemin dans votre esprit. "Partir". Vous alliez partir. D'une façon ou d'une autre vous alliez les quitter. C'était insupportable, mais ça s'infiltrait doucement. Il fallait rouvrir la blessure sans provoquer d'hémorragie. Mais cela vous faisait mal. Très mal. Vous avez souffert au plus profond de vous-même, et de façon tout à fait inconsciente. En deux mois vous vous êtes rendu compte que des petites choses clochaient : Gautier n'était pas gaucher, Maxime n'était pas aussi blond. Des petits détails que votre inconscient s'empressait d'étouffer. Car vous vous trouviez alors devant un gouffre affolant. Et puis il y avait le chat. Ce chat que nous avions mis chez vous en espérant provoquer une réaction. Vous avez résisté longtemps. Une voix vous demandait de le tuer : après tout, c'était lui le responsable de la mort de Maxime. Mais le tuer, c'était admettre implicitement la mort de votre enfant. Cela a duré deux mois. Finalement vous avez égorgé le chat et vous avez immédiatement refusé de l'avoir fait. Vous avez nettoyé vos vêtements, vous êtes allée faire des courses en laissant la porte ouverte, et vous êtes revenue en prévenant le gardien, Monsieur Pinter. Tout cela est vrai, n'est-ce pas ?

— Oui, dit-elle dans un souffle.

— Comprenez-moi Rosine. Je ne cherche pas à vous accabler. Je trouve au contraire que vous avez été admirable. Finalement, c'est vous-même qui avez décidé de partir. Il fallait que vous sachiez. Mais il fallait aussi que quelqu'un provoque un déclic. J'aurais pu vous emmener à l'hôpital, mais j'ai craint que cela n'éveille en vous des angoisses trop brusques. Alors je vous ai amené chez moi. Je voulais que vous racontiez votre histoire vous-même. Et vous l'avez fait.

Je sais que c'est pénible, mais vous avez fait la preuve que vous étiez capable d'affronter la vérité. Maintenant, tout va aller très bien pour vous. La vie va redevenir saine et supportable. Nous sommes là, et je suis là pour vous aider. »

Rosine le regarda sans parler. Une grosse larme roula sur sa joue.

NOTE COMPLÉMENTAIRE DE L'AUTEUR

Rosine sortit effectivement du monde que l'on avait recréé pour elle le 25 janvier 20. J'ai changé les noms des personnages, mais les situations vécues sont réelles. Pour « Barbe bleue » (dont je ne peux citer le nom) qui dirigeait une importante maison de santé de la région parisienne, ce fut un succès dont la presse se fit l'écho. J'ai retrouvé des articles de cette période. Rosine passa encore quelque temps dans cette maison de santé. On la soigna aux antidépresseurs. Puis, vers la fin du mois d'octobre de la même année, elle se suicida en avalant une dose massive de Valium. Je n'ai trouvé aucun écho de ce fait divers dans la presse.

Jean-Louis Le Breton

Né en 1952, Jean-Louis Le Breton a d'abord été libraire dans les années soixante-dix. Auteur de plusieurs nouvelles de science-fiction il a rapidement travaillé comme journaliste au *Quotidien Rhône Alpes*, puis aux *Nouvelles Littéraires*. Dans les années quatre-vingt il écrit le premier jeu d'aventure en français sur Apple II : *Le Vampire Fou* (éditions Ciel Bleu). Puis il crée une société de jeux informatiques sur Apple II : *Froggy Software* (Prix de la Pomme d'Or du meilleur jeu décerné par Apple). Il crée le magazine de bande dessinée *Lard Frit* (prix Alfred au Festival d'Angoulême en 1984). Il compose et joue de la musique dans un groupe de rock humoristique (*Los Gonoccocos*) avec Yves Frémion et Jean Bonnefoy et dans un duo synthétique (*Dicotylédon*) Puis il voyage et travaille pour la presse informatique au moment du développement du micro-ordinateur. Journaliste à *l'Ordinateur Individuel*, il prend la rédaction en chef de *Mac-Informatique*, puis la direction de la rédaction d'*Univers Mac*. Il crée ensuite l'hebdomadaire *Micro à Micro* et le mensuel *Le Rayon High-Tech*.
En 1992, il fonde la société *Anyware*, (qu'il dirige toujours) spécialisée dans la communication et la production de cd-roms, de lettres professionnelles, de journaux et de sites internet. En 1998, il quitte la région parisienne et installe son entreprise dans le Gers. Il lance en 2005 le magazine régional

le Canard Gascon, bimestriel gratuit qui connaît toujours un fort succès populaire.

En 2009 il entreprend d'écrire et de publier une série de romans policiers humoristiques et féministes et crée le personnage de *Fabienne Babouin* (dite « fafouine »). 9 titres sont d'ores et déjà parus.

Depuis 2012, il a écrit sept pièces de théâtre, toutes jouées dans le Sud-Ouest. Enfin, en 2015, il a publié aux *éditions Passiflore*, un roman de littérature générale, *Le libre choix de Clara Weiss* sur le thème de l'accompagnement des personnes en fin de vie.

Il travaille actuellement à l'écriture d'un nouveau roman dont l'action se situe au XIXe siècle. Parallèlement il prépare la biographie de son arrière-grand-mère, Maria Vérone, leader du mouvement féministe sous la IIIe République, Présidente de la Ligue Française pour le Droit des Femmes et première avocate à avoir plaidé en cour d'assises à Paris en 1908.

En 2009, Jean-Louis Le Breton commence une série de polars humoristiques et féministes : les aventures de Fabienne Babouin. Fabienne, également surnommée « Fafouine » par ses parents car elle fouinait dans le grenier lorsqu'elle était gamine, est une journaliste/espionne d'une trentaine d'années. Après avoir travaillé pour le quotidien *Midi-Gascogne*, elle a fondé l'agence *Cyrano* qui réalise des reportages... et des missions secrètes pour le 9e Bureau, service de contre-espionnage. Féministe, délurée, à la sexualité bi, Fafouine revendique ses racines gasconnes et son caractère bien trempé. Elle est secondée par Justine Laberlue photographe à la forte personnalité et par Kévin Mangin, jeune *geek* spécialiste de l'informatique. Chaque livre raconte une aventure indépendante, mais au fil des romans, on en apprend un peu plus sur la vie de famille de Fafouine dont la mère a mystérieusement disparu lorsqu'elle avait huit ans.

Le style d'écriture s'inspire de Frédéric Dard (San Antonio). Fabienne est une sorte de « San-A » au féminin. L'auteur fait aussi référence aux maîtres du genre : Alphonse Boudard, Michel Audiard, Albert Simonin. Les thématiques sont, cependant, très liées à l'actualité.

En 2012, à la demande de Thibault Renaudin, Président de l'Académie Médiévale et Populaire de Termes d'Armagnac, Jean-Louis Le Breton a commencé à écrire des pièces de théâtre qui ont toutes été jouées dans le Sud-Ouest. Il est chargé de créer le grand spectacle d'été tous les deux ans au château de Termes, en alternance avec François Grand-Clément.

En 2014, l'association des Amis du Pacherenc de la Saint Sylvestre lui demande d'écrire le spectacle de fin d'année pour la pastorale de Viella. Demande qui a été renouvelée chaque année depuis... Plusieurs pièces ont d'ores et déjà été publiées : *Les raisins du prince Noir, le Harem gascon, Le Pacha du Pacherenc et Colinot du Vic-Bilh, Bonjour Pépin Adieu Berthe, La Gabare du Pacherenc.*

Parution prochaine : Un puits dans le Pacherenc (2017 - adaptation du roman de Joseph Peyré : Le puits et la maison)

En 2015, les éditions Passiflore (Dax) publient un roman de Jean-Louis Le Breton dans leur collection de littérature générale : *Le libre choix de Clara Weiss.* Ce livre, qui est une histoire d'amour écrite façon polar, traite du problème de l'accompagnement des personnes en fin de vie et du suicide assisté.

Récompenses :

Ce roman a obtenu le prix « Lire et écrire en Gascogne » 2015 au salon de Castenau d'Auzan.

Il a également reçu le prix « Salon du livre du net » 2016 décerné par les internautes (www.salondulivre.net)

Jean-Louis Le Breton (Photo Alquier, 2016)

Le porte-monnaie

Nouvelle policière de Hario Masarotti

Moi, Tristin, fox-terrier détective au flair légendaire, je vais vous raconter la dernière affaire dont je me suis occupé. Tristin, c'est mon nom chez les humains. Il n'y a qu'eux pour vous affubler d'un nom pareil. Il paraît que tout jeune j'avais l'air triste. Je vous demande un peu ! Comme si on avait toujours le cœur à jouer à la baballe quand on est emprisonné dans leurs refuges SPA.

C'était l'automne, le ciel se drapait de nombreuses brumes ; un soleil entêté perçait par moments les langues de brouillard et venait roussir les dernières feuilles. Je promenais mon humain sur le boulevard du Nord alors en plein travaux. Un coin pas possible, défoncé par des engins mécaniques puants, plein de pierres et de trous où l'on n'en finit pas de se tordre les pattes. Mon humain va toujours y traîner « pour se rendre compte de l'avancement du chantier », qu'il dit.

Il est toujours à rouscailler pour tout, mais là, c'est un record. Tout y passe : "On ne peut plus circuler ! Et tous ces trottoirs, ça ne sert à rien, personne ne passe jamais par là ! Cet éclairage, c'est beaucoup trop beau pour ce coin désert ! Ça va coûter un argent fou ! Les impôts vont encore augmenter ! Et puis ce sens unique, déjà qu'on a du mal à circuler dans Lectoure ! Il ne manque plus qu'à y mettre des sens interdits ! Ces travaux durent beaucoup trop longtemps ! Il aurait mieux valu les faire à un autre moment ! C'est aménagé en dépit du bon sens !" Dès qu'il rencontre un autre humain, toute la litanie y passe. Un vrai régal ! Enfin ! Ça l'occupe et pendant ce temps-là je n'ai pas besoin de courir après les bouts de bois qu'il lance pour jouer "Allez, rapporte, mon toutou ! Rapporte !" J'ai horreur de ça. Mais je ne peux pas refuser, sinon il boude.

Je le promenais donc sur le boulevard du Nord lorsque nous avons croisé un autre humain, son copain Jipé, celui qui fume du tabac blond. Tout ce qu'il touche est imprégné de cette odeur atroce, aussi tenace que celle des pots d'échappement. Encore un qui croit distingué de s'américaniser au lieu de garder son prénom bien gascon de "Jean-Pierre". Là, cinéma habituel entre les deux. Au lieu de se renifler tout simplement comme nous, vas-y que je te secoue les mains, que je t'échange une série de grognements en arborant ce grand sourire idiot dont les humains s'affublent dans ces circonstances. Mais ça n'a pas duré très longtemps, voilà que Jipé efface son sourire et prend un air catastrophé. J'active aussitôt mon traducteur de langage humain pour ne rien perdre de la conversation qui promet d'être intéressante.

- Figure-toi qu'on m'a piqué mon porte-monnaie !
- Pas possible ! Et quand ça ?

- Hier midi, devant la boulangerie, tu sais celle en face du clocher. C'est toujours plein de monde, même sur le trottoir. Je l'avais dans mon panier, tiens celui-ci, et je l'avais posé à côté de moi. Je me suis mis à discuter avec Félicie, ma voisine, et, pour suivre la file, je poussais mon panier du pied à mesure que j'avançais. Quand ça a été mon tour et que j'ai voulu payer, la cata ! plus de porte-monnaie.

- T'es sûr que tu ne l'as pas perdu ailleurs ?

- Certain, j'ai payé mes cigarettes chez Azéma juste avant !

- Et tu te souviens des personnes qui faisaient la queue avec toi ?

- Comment veux-tu ? Avec les vacances de Pâques, c'est tout plein de touristes. Et puis, même si je connais pas mal de Lectourois, je ne les connais pas tous. Non, non, je ne sais pas !

- T'as porté plainte ?

- Aussitôt, tu penses ! J'y avais ma carte bleue, une carte de Champion à Fleurance, ma carte Vitale, celle du cinéma le Sénéchal à Lectoure et surtout plus de 200 euros, un retrait que je venais de faire.

- Tout ça ?

- Oui, c'est un gros porte-monnaie. Tu sais, maintenant, avec toutes ces pièces d'euros...

Je n'ai pas écouté plus. Mon côté détective a été aussitôt éveillé. J'ai désactivé mon traducteur et, l'air de rien, je me suis approché du panier. J'ai observé attentivement les bords et je me suis mis à tout renifler consciencieusement. Il y traînait un tas d'odeurs de victuailles. Cet humain ou Josy, sa femelle, doivent se servir du panier pour faire ce qu'ils appellent leurs « courses » ; c'est la manière des humains de se procurer de la nourriture, une façon de chasser en quelque sorte. Malheureusement, ils ne savent plus chasser comme au temps de nos ancêtres. Avec notre aide et leurs sagaies ou leurs massues, c'était passionnant. Ça, c'était du sport ! Ensuite ils se sont mis à faire de l'élevage, ça a tué notre civilisation humano-canine. Je me demande ce que nous faisons encore avec eux maintenant.

Bref pour en revenir au panier, l'odeur du pain frais était encore bien perceptible et me faisait saliver comme un rescapé de Pavlov. C'était jour de marché, la veille, à Lectoure, et les senteurs étaient encore très fortes. Je pouvais reconnaître l'odeur agréable d'un poulet cru plumé, sans doute acheté à un humain de la campagne, celle plus délicieuse des œufs frais. Et puis un tas d'odeurs écœurantes : ces plantes que les humains consomment régulièrement : salades, choux, choux-fleurs, navets, épinards. Je me demande comment on peut manger de telles horreurs. Et il leur arrive de vouloir m'en faire avaler ! Durs moments ! C'est bon pour ta santé, qu'ils prétendent. Tu parles !

Ils avaient dû prendre également du lait : j'en ai détecté le fumet douceâtre bien qu'atténué par leurs satanés emballages en plastique. Oh ! et cette odeur-ci, succulente, celle du jambon cru de chez Burgalat ; et celle-ci, un fromage de chèvre du pays, un vrai régal. Quoique là, quelque chose m'échappe : le fromage sent extrêmement bon et quand ils m'en font goûter un morceau, c'est dur, c'est sec, c'est moisi et parfois c'est plein de poussière, ça ne correspond pas du tout à ce que l'odeur annonce. C'est comme pour le foie gras : un fumet à vous faire tirer la langue jusqu'à terre. Vous croyez qu'ils me le feraient goûter une seule fois ? Rien du tout ! Égoïstes ! Ils avaient également dû acheter des magrets. Ça, quand ça grille, ça vous remplit la maison d'un parfum ineffable.

Et j'ai trouvé enfin ce que je cherchais : une odeur d'humain qui n'était ni celle de Jipé, ni celle de sa Josy. Peut-être celle du voleur. Curieusement, c'était l'odeur d'un petit d'humain mais elle était complexe ; avec des relents de lait, de chocolat et de laine humide. L'odeur d'un petit humain de quatre ou cinq ans ; et puis...

- Tristin, tu te sors tout de suite de ce panier !

Zut, comment voulez-vous que j'investigue ? Il avait pris son air d'humain en colère. Vite, je le regardai droit dans les yeux et j'agitai mes cinq centimètres de queue en tirant la langue. Il paraît que ce comportement fait plaisir aux humains et que ça les rassure. C'est probablement vrai ! En tout cas pour mon humain, ça marche à tous les coups. Oui, je n'ai que cinq centimètres de queue. Ils me l'ont coupée quand j'étais petit, ces brutes-là. C'est plus élégant qu'ils prétendent.

Une horreur ! Comment voulez-vous que je m'exprime avec ce trognon ridicule ! Sans compter les moqueries des autres, ceux qui balancent une queue entière. "Oh ! Regardez-le avec son petit moignon de queue, le beau petit chienchien, qu'est-ce qu'il a de l'allure, on dirait un cochon d'Inde géant ou un mouton déplumé !" Et de se moquer de moi avec autant de méchanceté que des humains. Ce que ça m'en a valu des bagarres. Après ça, ils prétendent que je suis d'un naturel hargneux et mauvais coucheur.

Pour ce qui est du panier, j'avais reniflé tout ce que je voulais. Ensuite, il fallait que je passe l'information à mes camarades chiens d'en ville. En dix aboiements, j'avais transmis tous les détails et lancé un avis de recherche pour un petit d'humain, environ cinq ans, brun, probablement habillé d'un pull rouge et qui habite une maison avec un jardin où des cyclamens de Naples, ceux qui sont d'un rose si tendre, viennent juste de fleurir.

- Tu vas t'arrêter d'aboyer, idiot de chien !

Et voilà ! Décarcassez-vous pour eux ! Voilà comment vous êtes récompensé ! S'il continue à m'insulter, je lui pose une crotte en plein milieu du trottoir et on verra qui devra la ramasser.

Pas mal, hein ! tout ce que j'avais découvert en observant le panier. Même Cherdog Holmes n'aurait pas fait mieux. Il faut reconnaître que l'osier tressé m'avait beaucoup aidé avec tout ce qu'il contenait d'indices. Peu importe la mauvaise humeur de mon humain, malgré le rappel à l'ordre, j'avais réussi à faire passer toute l'information. Il ne restait plus qu'à attendre la conférence canine du soir. Dès que la lune s'est levée, les copains ont commencé à transmettre. Ils se moquent parfois de ma queue, mais ils sont réglos : quand j'ai besoin d'eux, ils sont toujours là, sérieux et tenaces dans leurs investigations.

Ça s'annonçait mal, déjà trois jours de recherches et pas un seul indice. Le voleur était-il un des nombreux touristes qui envahissent notre territoire ? Difficile de le retrouver dans ce cas. Pourtant, je restais persuadé qu'il s'agissait de quelqu'un d'ici. Les humains venus d'ailleurs n'ont pas la même odeur. Ils sont pleins de senteurs exotiques. C'est pareil pour les chiens qui les emmènent d'ailleurs et je me souviens de quelques petites caniches mignonnes à croquer qui vous laissent tout émoustillé. Allait-il falloir déclencher le plan "ratissage total" ?

Et puis la chance était venue sous la forme de Tounette, une ravissante canichette lectouroise dotée d'un pelage très doux et d'un blanc qui me bouleverse et m'éblouit chaque fois que je la rencontre. Elle revenait de vacances en Espagne où elle avait emmené ses humains. Dès qu'elle a su quel était le but de nos recherches, elle m'a appelé. Près de chez elle, vit une humaine dont l'enfant, surnommé Linet, correspond tout à fait à ma description. Le nom de sa mère : Madame Lacvil.

- Mais ça m'étonne, a protesté Tounette, ce petit garçon est gentil comme tout et sa mère aussi. Ils vivent seuls. Elle l'adore et ferait n'importe quoi pour lui. Elle travaille de temps en temps comme serveuse dans une boucherie et me rapporte toujours des gâteries, des débris de viande, parfois des os tout frais avec encore plein de chair autour. La vie n'est pas facile pour elle. Je l'entends souvent se plaindre auprès de son fils parce qu'elle n'a pas beaucoup d'argent, pas assez pour lui acheter tout ce qu'elle voudrait lui offrir. Son refrain c'est : "Si j'avais des sous, on pourrait..."
Après, tout est allé très vite. Lors de la conférence canine du soir, nous avons décidé d'envoyer Raclesol, un basset vif comme un écureuil, visiter l'appartement des suspects. Du porte-monnaie nulle trace mais, sur la table de nuit, quelques billets avaient l'odeur caractéristique du tabac blond de Jipé. Pas de doute, le petit Lacvil était bien le coupable. Je décidai d'aller me rendre compte par moi-même. Fort des indications fournies par Raclesol, je me rendis très tôt devant le domicile de cette femme et me couchai devant sa porte. Lorsqu'elle voulut sortir, sans doute pour aller travailler, elle me découvrit étendu là.
- Oh ! mon pauvre ami ! Es-tu blessé ? Non, on ne dirait pas. Tu as l'air épuisé. Attends, je vais te chercher un bol de lait. Tiens, je te le laisse. Je m'en vais vite sinon je vais être en retard. Il faut encore que j'emmène mon Linet chez sa nounou.

Elle a posé le bol plein de lait devant moi, m'a fait un câlin en me gratouillant derrière l'oreille, là où ça fait du bien, et puis elle est partie. Tounette avait raison cette humaine est très gentille. Son fils devait lui ressembler. Il ne pouvait être le voleur. C'est ce que je suis allé expliquer aussitôt à mon amie Tounette, vu qu'elle habite à deux numéros de là. Mais sa pimbêche de patronne m'a à peine laissé le temps de lui parler.

- Tounette ! Ne va pas frayer avec n'importe quel vagabond, tu attraperais des puces ou Dieu sait quoi, qu'elle a dit.

La pauvre Tounette en était toute gênée et confuse. Elle m'a regardé d'un air malheureux et elle a suivi sa détestable humaine. Je suis sûr que sans cela, nous aurions eu une très intéressante conversation.

Pourtant Raclesol était formel. Il avait bien senti l'odeur de Jipé sur les billets. Une question nous turlupinait : si le coupable était l'enfant comment Madame Lacvil avait-elle pu admettre que son Linet vole un porte-monnaie ? Certains proposaient une autre explication encore moins acceptable : Madame Linet aurait elle-même dit à son fils de subtiliser cet objet si précieux pour les humains. Impensable ! C'est Tounette qui a eu l'explication du mystère en écoutant les conversations des deux suspects.

- Tu te rends compte, avait dit Madame Lacvil toute heureuse, s'adressant à son fils, grâce à cet argent qu'on nous a mis dans la boîte aux lettres, nous allons pouvoir acheter assez de fioul pour tout l'hiver. Fini d'avoir froid.

- C'est super, applaudit Linet qui avait rapporté ce mot passe-partout de son école.

- Je me demande quand même qui a bien pu glisser cette enveloppe pleine de billets dans notre courrier, ajouta sa mère rêveuse. Peut-être une association caritative, ou un bon génie, une fée ou un ange venu du ciel.

Linet n'avait pas répondu mais Tounette avait deviné à son air ravi que c'était lui, et lui tout seul qui, voulant aider sa mère, avait trouvé ce moyen de lui remettre l'argent du porte-monnaie. Si l'intention était louable, le procédé n'était pas très conforme à la morale des humains que je commence à bien connaître. C'est ce que j'ai expliqué à mes amis particulièrement épatés par l'astuce de l'enfant et par mon sens de la déduction.

Huit jours de surveillance continue et de recherches assidues d'une dizaine d'entre nous ont été nécessaires pour retrouver le porte-monnaie dans un buisson en bordure du terrain de la Croix Rouge où Madame Lacvil a l'habitude d'amener son fils jouer. D'après Jipé, à qui je l'ai aussitôt rapporté, il n'y manquait que les euros. Je ne vous dis pas ce que j'y ai gagné en estime et comment il m'a récompensé : une énorme boîte de ces biscuits fourrés à la moelle d'os. Il sait que je les adore ! Mais mon humain l'a confisquée en m'assurant qu'il me donnerait deux biscuits chaque jour si j'étais sage ! Radin, va ! Et depuis, qu'est-ce qu'il peut crâner en racontant mes exploits. À croire que c'est seulement grâce à ses qualités de détective que ce porte-monnaie a été retrouvé. Ma grande sagacité n'est vraiment pas reconnue à sa juste valeur.

Nous n'avons pas dénoncé Linet car nous avons aimé son geste en faveur de sa mère. L'amour qui unit une mère et son petit sont très appréciés chez nous. Nos petits sont longtemps dorlotés par leur mère qui fait tout pour assurer leur bien-être.

Mais depuis ce jour-là, nous le surveillons étroitement afin de l'empêcher de recommencer ce genre de larcin très mal vu des humains.

- Je crois que les chiens aiment bien mon Linet, dit parfois Madame Lacvil, il y en a toujours un ou deux qui l'accompagnent. Il doit avoir un don pour les attirer. Ces animaux sont intelligents, ils savent reconnaître ceux qui les aiment. Et ils ne me demandent jamais rien, vous savez ! Tout simplement, ils se plaisent en sa compagnie et ils sont très gentils avec lui.

FIN

Alléluia

Pierre Léoutre

Le Capitaine André Ormus, fin limier des services secrets français, avait été dépêché à Lectoure, dans le Gers, pour une enquête peu banale : le bibliothécaire de la ville avait été retrouvé mort au petit matin, crucifié sur la porte de la cathédrale. Cette mise en scène macabre avait, on s'en doute, jeté un émoi certain dans la cité médiévale de la Lomagne, d'autant plus que nous étions à quelques encablures des fêtes de Noël. Naturellement, la gendarmerie locale avait fait son enquête mais n'avait rien trouvé de probant : le bibliothécaire avait peu d'amis et encore moins d'ennemis, rien dans sa vie personnelle ou professionnelle ne pouvait justifier un tel assassinat aussi brutal et spectaculaire. À juste titre, le Maire de Lectoure s'était ému de la disparition de l'un de ses employés modèles, la presse régionale avait publié quelques articles retentissants sur ce sacrifice humain choquant, d'où la décision des arcanes étatiques d'envoyer sur place André Ormus, connu comme l'un des meilleurs spécialistes français de ce type de crimes irrationnels, car l'enquête piétinait.

Et elle continuait à piétiner ; le policier avait longuement contemplé les clichés de l'identité judiciaire, le corps frêle et presque dénudé (hormis les parties génitales et les fesses) de la pauvre victime, sa tête d'ange blessé aux cheveux blonds et aux yeux clos, penchée sur le côté gauche, le côté du cœur ; sa main gauche, sa main droite et ses deux pieds rassemblés, transpercés par trois gros clous de charpentier, faisant de son corps un tau sanglant et vaguement menaçant et absurde, une vision effrayante mais dont le sens restait une parfaite énigme.

André Ormus avait descendu et remonté à plusieurs reprises la rue nationale, l'artère principale de Lectoure, mais ses allées et venues n'avaient pas apporté le moindre indice, le mystère restait entier. Alors il s'assit sur un banc de pierre, sur le parvis de la cathédrale immuable ; bien entendu, le cadavre sanguinolent avait disparu et l'édifice religieux avait retrouvé toute sa sérénité ; pourtant subsistait dans l'atmosphère un léger et amer parfum de mort.

Perdu dans ses pensées, André Ormus ne vit pas s'approcher un petit homme sans âge, qui lui adressa la parole à voix basse :

- Monsieur le Policier ? Puis-je vous dire quelque chose ?

- Euh... Oui, bien entendu ! Qui êtes-vous ?

- Peu importe ce que je suis. Hormis le fait que je connais la raison véritable du meurtre que vous tentez, en vain, d'élucider.

- Vous voulez témoigner ?

- En quelque sorte, oui. Écoutez-moi bien : tout ceci dépasse l'entendement humain mais voici ce qui s'est vraiment passé : le bibliothécaire n'est pas mort, il est notre nouveau petit Jésus, notre Sauveur ! Et il va ressusciter d'entre les morts.

André Ormus ne répondit rien à cette affirmation péremptoire, qui lui apparut comme une évidence. Il se dit simplement à lui-même : « Et bien voilà ! Pas très compliquées, les enquêtes à Lectoure ! ».

Il se leva du banc et se dirigea vers sa voiture, garée sur le parking de la Poste. Alléluia, ses investigations gersoises étaient bel et bien terminées.

« Ceci n'est pas une pipe »

Et tout le Bataclan

Décembre 2015. Maxime Vivas.
Maxime.vivas@orange.fr
06 81 34 25 24

À la mémoire de Nicolas (cousin germain de mes enfants), assassiné le 13 novembre 2015 au Bataclan, à Paris.

Lectoure, sa halle qui est un haut lieu d'écritoure et de Lectoure (bon, ça, c'est fait), son marché avec ses villageois et ses paysans à béret, heureux de se rencontrer comme naguère au sortir de la messe, se tapant sur l'épaule, leurs rires faisant luire le métal coiffant quelque prémolaire quand ils s'asticotent avec l'accent qu'il faut (avec celui du nord de la Loire, il y aurait offense et fâcheries résultantes)...

Ah ! Lectoure mi amor !

Rassurez-vous, il me plaît aussi de me faire détester, voire de me vautrer dans l'horreur.

Allons-y.

À l'occasion de divers salons du polar, j'ai côtoyé de la racaille et de la flicaille.

Par exemple, feu José Giovanni qui fut truand, avant de devenir un écrivain que se disputaient les plus grandes maisons d'édition, que les médias promouvaient plus que moi (c'est injuste, dites-vous ?), oubliant son exécrable passé d'ancien collaborateur, ancien garde du corps d'un notable nazi, gommant qu'il arrêta des résistants et rançonna des juifs.

Par exemple, cet auteur marseillais dont je tais le nom par prudence (par pleutrerie, vous croyez ?), car il est encore en vie, et qui signa près de moi à Paris, tout heureux d'avoir purgé sa peine pour grand banditisme.

Par exemple (mais il ne devrait pas être cité dans cette énumération), Césare Battisti, mon ami que j'ai défendu avec de nombreux écrivains dans un comité piloté par Fred Vargas quand les Italiens le pourchassaient alors que François Mitterrand lui avait offert une terre d'accueil. Cesare soutenu par la Ligue des droits de l'Homme, par François Bayrou (et oui !) et même par BHL (et re-oui !), par le président brésilien Lula da Silva qui lui donna asile, Cesare que Wikipédia, parfois mieux renseigné, décrit comme « un criminel et ancien terroriste italien, devenu écrivain » alors qu'il n'a jamais tué quelqu'un.

Par exemple, le tombeur de Mesrine, le commissaire Robert Broussard qui nous raconta, au cours d'un déjeuner que, désormais retraité, il se consacrait à l'animation d'un club de foot par lequel il espérait sauver des jeunes de la délinquance.

Par exemple, le plus célèbre commissaire français, celui qui a su envahir 108 fois, pendant 90 minutes plusieurs chaînes de télévision sous le nom de Navarro. À Cognac, il m'a piqué un lecteur qui voulait absolument ma dédicace, mais... sur un livre de Roger Hanin (!).
Et, last but not least (en idiome régional : « Tu connais pas la dernière, con ? »), il y eut le salon 2015 de Lectoure.
N'allez pas le répéter, mais ça grouillait !

Claude Cancès, ancien patron du 36 quai des Orfévrés, Christophe Guillaumot, capitaine de police, Olivier Norek, lieutenant de police à la section Enquête et Recherche du SDPJ 93, Pierre Bourguignon, officier de gendarmerie en retraite, ex-adjoint au commandant de groupement de Haute-Garonne, chargé des opérations et interventions. Vous voulez un juge ? Karline Nivet était là.

N'allez pas le répéter davantage mais, en 2015 à Lectoure, ça manquait de voyous, pour l'équilibre.

Mon voisin de dédicaces, un Sétois à moitié Corse et publié par les éditions Jigal (de Marseille, c'est tout dire...), avait le physique, mais je n'ai pas de preuves, la morphopsychologie a ses limites, les enquêtes au faciès aussi.

Bref, les voyous étaient ailleurs, préparant leur mauvais coup. Et, croyez-moi, c'était du lourd. De la violence que les polardeux n'oseraient pas écrire pour ne pas se décrédibiliser, des monstres peu plausibles si l'on en inventait de pareils.

Ici on entre dans l'horreur.
Le vendredi 13 novembre 2015, à la nuit tombée, un groupe de terroristes, fanatisé par quelque imam ou des vidéos d'Internet, mitraille au hasard des terrasses de café à Paris. D'autres essaient vainement d'entrer au Stade de France où se déroule, en présence du président de la République, un match amical opposant la France à l'Allemagne. Aux abords du stade, des kamikazes se font exploser. Les joueurs et 80 000 spectateurs ont vaguement entendu des déflagrations. Pas plus, pas assez pour provoquer la panique, des mouvements de foules qui auraient pu être meurtriers. Les Bleus s'imposèrent face à l'Allemagne (2-0) grâce à des buts de Giroud et Gignac.
Cependant, au Bataclan, salle de spectacle à la mode située au 50 Boulevard Voltaire, dans le 11ᵉ arrondissement de Paris, plus de 1 500 personnes (ce qui équivaut presque à la moitié de la population de Lectoure, soit dit en passant,

pour donner un ordre de grandeur et pour citer encore Lectoure) assistent au concert des Eagles of Death Metal, *un groupe californien de rock festif.*

Le leader du groupe est Jesse Hughes, dont on dit qu'il est membre de la National Rifle Association, qu'il goûte le porno et le crystal meth, une drogue de synthèse psychostimulante et euphorisante. Pas une maman gersoise ne lui donnerait sa fille en mariage, si vous voyez. Mais il y a sa musique qui attire les foules.

Dans le public, ce soir-là, un couple de Lectourois, Jérôme et sa femme Élodie. Ils sont venus rendre visite à un cousin parisien qui a profité de l'occasion pour leur offrir des places de spectacle.

Il est 21 h 40 quand trois terroristes armés de Kalachnikovs pénètrent dans le bâtiment et tirent dans la foule massée aux balcons et dans la fosse. Jérôme et Élodie tombent parmi les premiers. En quelques minutes, les fous furieux, gavés de bêtise et galvanisés par une caricature de foi, font 90 morts et 100 blessés. Le bilan s'alourdira ensuite.

À 22 h 15, les premiers éléments de la Brigade de recherche et d'intervention (BRI) arrivent. Ils sont une vingtaine. Ils pénètrent dans la salle. Une colonne de vingt hommes passe par une porte sur la droite, une autre par la gauche. Ils sont équipés de fusils d'assaut, de gilets pare-balles et de casques à visière blindée.

Des corps par dizaines, étendus à terre, des morts, des blessés et d'autres, indemnes, qui font les morts, ne pouvant distinguer leurs sauveurs des tueurs. Les terroristes se sont réfugiés à l'étage. Les policiers crient aux victimes encore conscientes : « Nous sommes la police ».

L'odeur est insoutenable, c'est l'odeur de la poudre, de la mort, du sang, de l'adrénaline, des entrailles libérées. C'est l'odeur des champs de bataille dont on sait qu'elle est plus insupportable que les râles des blessés et des agonisants.

Et puis les blessures, les morceaux de chair... Il n'y a que dans les westerns à la John Ford que les victimes meurent sans être trouées, sans gémir et sans se vider. Dans la vraie vie, les dégâts de l'acier qui transperce les chairs causent des dégâts bien visibles et plus larges que les points d'impacts.

Élodie est touchée au bras. Une balle lui a traversé le biceps droit et brisé l'humérus. Jérôme gît près d'elle. Le sang jaillit de son cou en jets saccadés. Il geint à peine. Il sent qu'il est perdu. Elle pleure et applique sa main sur son cou, de toutes ses forces. Si elle est vue, une rafale les enverra promptement ad patres. Elle préfère ça au remords de l'avoir laissé mourir sans intervenir.

En ce moment-là, le Bataclan offre le spectacle de corps, de corps, de corps avec pour oraisons funèbres des sonneries de téléphone : des proches ont appris l'attentat et veulent être rassurés.

Ils ne le seront pas.

Au contraire. Le silence, parfois, est annonciateur des drames et des deuils à venir.

Les policiers avancent dans la salle de spectacle. Sur le qui-vive. Ils savent qu'ils ont affaire à des fous pour qui la vie des autres et sans doute la leur ne valent rien.

Allongés sur le sol rouge et poisseux, des malheureux demandent de l'aide, presque en chuchotant tant ils redoutent le retour des tireurs. Mais les policiers ont pour mission première de sécuriser la zone. Il leur faut faire abstraction du sang qui coule encore, des blessés à évacuer et peut-être à sauver. D'abord arrêter le carnage. Les scrupules qu'ils peuvent avoir à ne pas secourir les blessés sont balayés par la conviction que les mitraillages aveugles ne sont pas finis, que d'autres violences doivent être évitées. Le choix serait cornélien s'ils avaient le choix. Mais ils ne l'ont pas. Ils avancent en mission, les ordres ayant été donnés. Ils montent au combat. Neutraliser au plus vite les tueurs pour ouvrir la voie aux médecins, aux secouristes, aux pompiers. Ils avancent avec précaution. Leur progression est lente à cause des corps à enjamber et des risques de se trouver devant des canons de kalachnikovs. Ils ne savent pas si les terroristes sont toujours là, embusqués, les laissant avancer pour mieux les abattre.

Peu avant, les hommes de la BAC ont été sous le feu des tueurs. L'un des policiers est tombé nez à nez avec l'un des assaillants. Il a tiré. L'autre a fait exploser sa ceinture.

Puis, un relatif silence. Les tirs ont cessé. La main d'Élodie est écarlate. Elle oublie sa propre douleur et son propre saignement. Jérôme a fermé les yeux. Elle ne sait pas s'il vit encore. Elle guette vainement sa respiration. Elle n'ose bouger. Elle continue d'appuyer de la paume de sa main sur la plaie au cou de son mari.

Le rez-de-chaussée est à présent sécurisé. Des renforts arrivent. Ils sont à présent 60 policiers de la BRI, et 10 du RAID. Les hommes de la BRI montent au premier étage. Ils avancent derrière un bouclier de type « Ramsès », particulièrement résistant aux balles. Et lourd : 80 kg. Malgré cela, plusieurs vont être blessés. Leur courage me fait oublier mes ressentiments envers les racketteurs en uniforme planqués derrière des jumelles sur des routes dégagés et sûres, il absout les aigrefins assermentés qui installèrent à Toulouse un radar qui flashait mille fois à l'heure.

Ici et là, des smartphones photographient et filment. Mais nul média ne diffusera les images. Car il ne s'agit pas d'horrifier davantage la France et de réjouir l'anti-France. Révolu le temps où des commandes étaient passées aux artistes pour qu'ils peignent les champs de bataille avec leur cortège de blessés, de morts et d'agonisants.

À l'étage au-dessus, on tire, on crie.

Il est 23 h 15. Les terroristes se sont enfermés dans un couloir avec des otages. Les hommes de la BRI entrent en contact avec un prisonnier qui sert d'intermédiaire. Les tueurs veulent négocier leur sortie et faire une déclaration aux médias. Exorbitantes exigences dont la satisfaction humilierait le pays tout entier.

Consulté, le Préfet demande à la BRI de donner l'assaut, bien que des otages soient placés entre les policiers et les tueurs. Des secours médicaux sont arrivés sur place.

On a donc une porte et, derrière, un couloir au fond duquel se tiennent deux terroristes. Entre eux et la porte, une vingtaine d'otages, des boucliers humains. Mauvaise configuration, situation compliquée. Mais les policiers sont aguerris, ils ont tous participé à l'assaut de l'Hyper Casher de la Porte de Vincennes où avait sévi et péri Amédy Coulibaly, le 9 janvier 2015.

À 0 h 20, c'est l'assaut. La porte du couloir est pulvérisée. Protégés par le bouclier « Ramsès », les policiers foncent, enjambant les otages qui se sont tous jetés à terre.

Ils lancent des grenades assourdissantes. Les terroristes tirent à feu nourri. Les policiers mitraillent tout autant. Leur bouclier subit les impacts de dizaines de balles.

Touché, un terroriste s'effondre. Puis, c'est l'explosion d'une ceinture d'explosifs, qui n'aura pour résultat que de pulvériseur le kamikaze.

C'est fini.

L'assaut a duré trois minutes. Par miracle, les otages sont saufs, les policiers aussi, sauf un, blessé à la main par une balle qui a ricoché.

Puis, il faut chercher les spectateurs cachés sur le toit, dans les faux plafonds, dans des gaines d'aération, dans des placards et sous des corps sans vie.

Les policiers fouillent partout, méticuleusement. Ils font sortir du Bataclan des spectateurs groggy, hébétés, incrédules.

Dans la rue, une noria d'ambulances vient chercher les blessés et les morts. Jérôme est allongé sur un brancard auquel Élodie s'accroche en pleurant. Un infirmier a confectionné un pansement d'urgence pour endiguer l'hémorragie. Dans l'ambulance qui troue la nuit, tous feux allumés et sirène hurlante, il dit à Élodie que son mari a perdu beaucoup de sang, que son pouls est très faible, mais que son cœur bat régulièrement à un rythme convenable. Qu'elle lui a peut-être sauvé la vie.

C'était le 13 novembre 2015 et personne n'oubliera cette date.

Jérôme a survécu. Avec Élodie, il a écrit une nouvelle sur leur mésaventure. Ils la dédicaceront au salon 2016 de Lectoure qui comblera ainsi une déplorable lacune. En effet, pour une fois, entre flics et voyous, on verra des victimes.

Et c'est heureux car, sans elles, à quoi serviraient les autres ?

Les flics ?

Les auteurs de polars ?

Les organisateurs de salons ?

À quels meilleurs clients que ceux-là les producteurs d'alcool locaux proposeraient-ils leurs produits dans la halle polyvalente de Lectoure (magnifique charpente de bois, colonnades de pierre) ?

Car (si vous le répétez, ne dites pas que ça vient de moi), les flics, ça picole pour vaincre la peur, les auteurs pour faire jaillir les idées, les otages pour se remettre des émotions, les organisateurs de salons pour annihiler la pression exercée par les auteurs, (flics ou pas flics) et par les ex-otages (il y a eu des études là-dessus, des thèses de doctorat, je n'invente rien).

Pour me résumer, je dirai en pastellisant le noir de cette nouvelle par une facétie en alexandrins (ce qui va me discréditer, dites-vous ?) :

À des tueurs à qui l'alcool est interdit.

Préférons les buveurs amoureux de la vie.

Maxime Vivas

Maxime Vivas

18 livres (romans, polars, essais, humour, jeunesse) dont deux primés.
Édité en France, Belgique, Italie, Venezuela, Cuba, Chine et USA.

Animateur d'une émission culturelle hebdo sur Radio Mon Païs à Toulouse.

Journaliste. Classé premier journaliste (sur 1029) en mars 2016, par *Top journaliste* (site de notation des journalistes), ex aequo avec deux journalistes du Canard Enchaîné, devant Frédéric Haziza (Public Sénat) et Nathalie Renoux (M6).

Chroniqueur pour Taihe Global Institute (Revue d'analyse politique chinoise), La Chine au présent, Tiempo Nuevo (France Cuba), l'Humanité, les Z'indignés, Métronews.

Administrateur du site d'information alternative legrandsoir.info. (1 million de visites/mois).

Ex-référent littéraire d'ATTAC.

Figure dans le Dictionnaire des personnalités de Toulouse, dans le Dictionnaire mondial de littérature policière et dans le livre « L'humour pour les nuls » au chapitre : « Dix des romans les plus drôles de la littérature ».

Sommaire

https://www.facebook.com/salondupolarethistoiresdepolice/

Prochain salon « Polars et histoires de police »
le dimanche 3 décembre 2017
à Auch (Gers) !

Éditeur :

Books on Demand GmbH
12/14, rond-point des Champs Élysées 75008 Paris

www.bod.fr

ISBN : 9782322132898

Dépôt légal : janvier 2017
Mise en page et corrections :
Pierre Léoutre

Dessin de l'affiche : Jiho
http://zejihoblog.canalblog.com

Association « Le 122 »
15 rue Jules de Sardac 32700 Lectoure (Gers – France)
Président : M. Pierre Léoutre
http://pierre.leoutre.free.fr

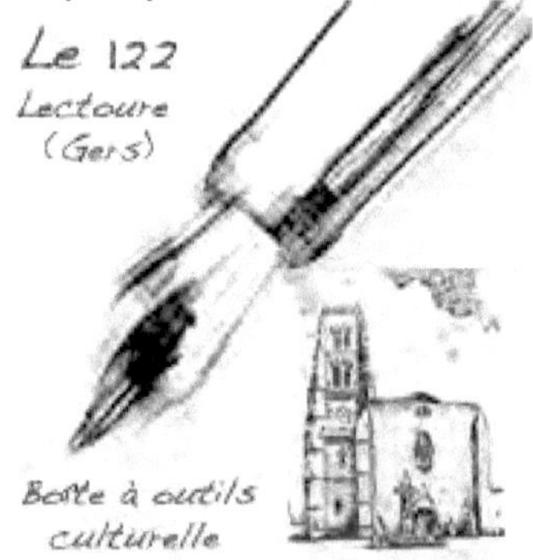